# 隣の女

# 隔壁女子

向田 邦子──著　　張秋明──譯

日本國文藝春秋正式授權作品

推薦序

# 隱藏在日常生活中的祕密

柯裕棻

向田邦子的作品絕大多數都與家庭有關。家庭似乎是她心裡的一個結，是情結，也是心結。她對家庭難題的體悟特別深刻，這應該是出自她自己的人生經歷：向田邦子的父親性格暴躁，中晚年曾經有外遇，因此她的母親在婚姻中承受了極大的痛苦。更複雜的是，向田邦子也曾經是他人婚姻的介入者，這段祕密感情持續了很多年，她極力向家裡隱瞞，這期間她一直都住在家裡沒有搬出去，然而這段不倫戀最後似乎是以男方自殺告終。後來的向田邦子斷續有幾段感情，但是終生未婚。

在卅五歲之前向田邦子一直都住在家裡。不論經歷怎樣的情感風暴都一直住在家裡，寫劇本的工作再繁忙也還是住在家裡。這件事讓我尋思很久，換做是我一定會搬出去吧，大部分的人一定會選擇逃走吧。她爲什麼願意留在家裡忍受那些吵吵鬧鬧呢？她會什麼願意面對冰冷緊繃的父母關係呢？我在這本書裡看到一點答案，在「核桃裡的房間」這一篇故事裡，我看見彷彿來自作者的某種告白。

關於家庭，我們能說的實在很多，但眞正說得出口的，卻又出奇地少。一個人與生俱來的東西除了自己的身體和靈魂之外，大概就是家族血緣的關係了。即使它看來微不足道，即使它只是一種稱謂關係，即使它彷彿隨時都可以棄之不顧，但是那些眞正將它棄之不顧的人們，心裡總是多了一個冷颼颼的空洞，多了一個難言的遺憾。

家庭給我們愛和溫暖，也將我們綁在一起爲彼此的稜角受苦；家庭在我們患難困頓的時候給予支持和保護，也在日常的小事裡叫我們煩惱。我們在這種關係裡打磨、磕碰、捏塑、鑿刻、修剪，一再地被規馴，依著它的形狀成長，它的好與壞都成了我們的一部分；在家庭裡我們學習最基礎的社會關係，我們學會信賴，也學會欺騙；我們彼此照顧，也彼此埋怨咒罵。夫妻之間的咫尺天涯，親子之間的難言之隱，手足之間的明爭暗鬥，這些隱藏在日常細節裡的地雷，隨便一星火花就足以炸碎全部的表象。碗也砸了，桌子也掀了，門也摔了，人也打了，再難聽的話都說了。

然後，過兩天，大家又把碎片拼湊回去，縫縫補補的，若無其事的在屋簷下妥協了，連道歉也省了。大家繼續開桌吃飯，繼續看電視吃水果，繼續把日子過下去，門口的×寓牌子繼續撐著脆弱的門面。氾濫的河流回到河道，既然是河流就得繼續流下去，這就是家庭生活。

當然也有回不來的時候，父親去上班之後突然就失蹤了，四處尋訪之後發現他過起另一種人生；某一天發現一個與自己長得極為相似的人原來是父親在外面的私生子；姊妹共搶一個男人……種種的意外，一再地挑戰家庭的意義。

這本書講的是這些回不來的時候，一些拋棄、背叛、欺騙、隱瞞的故事，分崩離析的故事。當家庭的表象再也無法維繫，在冷冷的幻滅裡，向田邦子寫出了另一種的家庭溫情，一切都在無言中被原諒了。

（本文作者為作家）

# 目錄

隔壁女子



日本國文藝春秋正式授權作品

# 隔壁女子

隔壁女子

縫紉機是不會騙人的。

雖然它只是部機器，卻比踩著它縫衣的女人更老實地說出女人的心情。

因為又到了聽見那聲音的時候，因為不想聽，所以她比平常更用力地踩踏縫紉機，但縫紉機只是嘎搭嘎搭地敷衍了事。

彷彿自己的心情被看穿似地，幸子更加死命地踩著機器。反正縫紉機也快壞了，又是租來的。做好一件批來的襯衫能領到一千兩百圓的工錢，老公每個月的薪水也會交上來，夫妻倆又還沒小孩，自己犯不著這麼拚命，但成天閒著也是閒著，能存點錢也好。儘管幸子刻意東想西想，卻還是無法不去在意背後那道牆。

這是間一房兩廳的小公寓，幸子坐在三坪大的起居室兼餐廳裡踩著縫紉機，背後的白牆掛著一幅西方名畫，當然是複製品。聲音總是從畫的後方傳來。

突然一記巨響，像是玻璃的東西砸到了牆上，隨即聽見男女爭吵的聲音。幸子的縫紉機很自然地放慢速度。

「妳別太過分了！」

「什麼叫時候到了？」

「對方是誰？」

「我殺了妳！」

男人大吼著。

「要動粗就給我滾出去！」

「哪來的什麼人嘛！」

「你幹嘛？放開我！」

女人的聲音也跟著激動起來。

一陣交纏之後，女人的語氣變得嬌媚。

「玻璃，很危險耶。」

幸子從縫紉機上起身，將耳朵貼在牆壁上。

「有玻璃啦，危險。」

「沒事。」

「人家說很危險嘛……」

「峰子……」

「阿伸……」

叫做峰子的女人是住在隔壁的酒店媽媽桑；阿伸則是最近才在這裡進出的年

輕人，有點像是工地的工頭。一連三天都能聽到他沙啞低沉的聲音，幸子馬上就認出來了。

兩人急促的呼吸變成了喘息，牆壁微微晃動。幸子隨著隔壁的喘息呼吸著，自己也不對勁起來，開始渾身發熱。但她不想認爲是隔壁的關係，寧可相信是天氣太熱，自己早該換夏天的衣服了。

這樣也就罷了，當她在縫紉機旁的穿衣鏡看到自己怪異地扭著身體，貼在牆上偷聽鄰居動靜的模樣，不禁大吃一驚。

幸子趕緊跳開，伸手調整牆上的畫框。或許畫框根本沒有歪掉，但她已經習慣動不動就調整一下了。

她拿起菜籃走到門外，看見腳邊有一小包垃圾，似乎是隔壁媽媽桑放在自家門口時被風吹過來的。幸子用指尖捏起垃圾丟到隔壁門口，同樣是垃圾，她總覺得隔壁的更爲骯髒。

周遭明明沒什麼綠意，沿路卻有股青草味，比起這種刺鼻的味道，幸子倒希望這時能有些撲鼻的花香。記得應該是去年吧，她一走出公寓就聞到桂花的香氣。這附近的花園洋房和空地年復一年地消失，換成了火柴盒般層層堆疊的公寓大樓。

幸子家的公寓從西武池袋線的大泉學園車站走來約五分鐘。如果住到三多摩（註1）一帶，還怕找不到便宜的國宅嗎？偏偏老公集太郎說什麼通車時間非得縮短在一個小時內，否則對他會有「影響」，結果現在得付這麼貴的房租。至於老公所謂的影響，指的是公司裡的前途還是晚上的應酬，幸子就搞不清楚了。還好現在只有他們夫妻倆，透支的家用可以靠家庭手工來補貼。

幸子斜眼盯著肉舖，走進魚店買了一盤鯛魚魚雜，她仔細比較了兩盤魚雜後，才選中一盤讓店家包好。一個和她年齡相仿的主婦帶著兩歲半的兒子走進店裡，微笑著摸摸小男孩的頭。幸子不禁心想，當初如果順利生下來，孩子也應該這麼大了。那時她本來打算領完年終獎金後就辭職，不料竟因職場的冷氣太冷而流產。她認爲自己懷的一定是男孩，因此那陣子看見男嬰心裡都一陣刺痛。

註1：三多摩指的是西多摩、北多摩、南多摩三區，位於東京都中部及西部的郊區，建有許多大型社區和國宅。

娘家的父母交代在三十歲之前一定要生出第一胎。既然身子給搞壞了，不如趁此機會辭職，在家好好「做人」。

幸子不感興趣地經過書店和唱片行，直接走進蔬果店。她不太買書和聽音樂，這點集太郎也一樣。

幸子抓了一些春菊和新鮮香菇，從紅色小錢包裡抽出摺了又摺的千圓鈔付帳，猛然在蔬果店斑駁的鏡子裡看見面無表情的自己。

或許是沒有化妝的關係吧，才二十八歲的臉顯得毫無生氣，感覺日子就在以老公的薪水省吃儉用、煮飯作菜、洗衣打掃和做家庭手工當中過去了。有時她也會發出長長的嘆息。

這種日子不能說是幸福，但也不能算是不幸。此刻手中千圓大鈔上聖德太子的臉，看著卻叫人氣惱。

幸子扛著一大包特價衛生紙爬上公寓樓梯時，隔壁的大門打開了，男人正準備離開。

他擺著一副臭臉和幸子擦身而過，很難想像峰子剛剛才用甜膩的聲音喊他阿伸。

峰子半開著門目送男人離去，汗濕的頭髮黏在臉上。沒有化妝時的她就像是病人般臉色微黑，一打扮好就跟換個人似地。年紀大概比幸子大個七、八歲吧，慵懶的姿態和眼角的皺紋都顯得風情萬種。

幸子沒跟對方打聲招呼便走進屋裡，繼續做家庭手工。

很想找個人說話的時候，幸子就會跟縫紉機聊天，有時遷怒、有時發牢騷，待心情平靜後，縫紉機又成了她打瞌睡的枕頭。

睡夢迷糊間，幸子又聽見了隔壁女子的說話聲。

「你之前說的谷川岳在哪兒啊？」

「群馬縣的上越國境。」男人回答。

「那就是在上野車站轉上越線囉？」

「上野，尾九，赤羽，浦和，大宮，宮原，上尾，桶川，北本，鴻巢，吹上。」男人的聲音低沉而響亮，像是在讀詩般地唸著一個個車站的名稱。這不是夢，說話聲清楚地從隔壁房間傳過來。

「行田，熊谷，籠原，深谷，岡部，本庄，神保原，神保原……」男人的聲音停頓了。

不是平常那個男人，不是那個工地工頭阿伸的粗啞嗓音，而是更低沉渾厚的聲音。幸子受到吸引地站起身來。

「神保原，新町，倉賀野，高崎，井野，新前橋，群馬總社，八木原，渉川，敷島，津久田，岩本，沼田，後閑，上牧，水上，湯檜曾，土合。」唸完後，男人深深地吐了一口氣。

女人像鴿子般咕咕地笑著，然後靠了上去。

「你還記得眞清楚。」

「去爬谷川岳時，我都捨不得太快到達，因此不願意搭快車，只從上野搭普通車一點一點地往那座山靠近。」

幸子的身體也漸漸地往牆壁靠近。

「一想到離那座山越來越近，不管之前爬過幾次，我都還是會像初次攀爬一樣心跳不已。尤其從土合站下方仰望它時，我整個臉都興奮得脹紅了。」

「跟個小男孩似的。」聽得出峰子的聲音也跟著雀躍起來。「那座山漂亮嗎？」

「每一座山都很漂亮。儘管從遠處看每座山長得都一樣，但只要仔細一步步往上爬，就會發現不一樣的地方。山下有平坦的原野……」

「好癢哦……」

「意想不到的地方則隱藏著窪地。」

「跟你說會癢了嘛。」

「有向陽的地方，也有背光處；有乾燥的區域，也有濕地，它們看起來都像在呼吸著似的。」

幸子的手也跟著遊走在自己靠坐在牆邊的身體。她裙襬掀起，露出大腿，照進窗內的夕陽，在她身上描繪出一幅光影交錯的地圖。

男人的聲音變得迷濛又甜膩。

「清晨的山，有種神聖的感覺。」

「中午呢？」女人接著問。

「看起來很雄偉。」

「晚上呢？」

「兇狠得令人害怕。」

女人曖昧的笑聲響起，然後牆壁又開始慢慢地晃動。

「再唸一次剛剛那些站名好不好？」

「上野，尾九，赤羽，浦和，大宮，宮原，上尾，桶川，北本，鴻巢，吹上，行田，熊谷，籠原，深谷……」

幸子耳根發熱，呼吸難受了起來，她知道自己已經意亂情迷了。

「岡部，本庄，神保原，新町，倉賀野，高崎，井野，新前橋，群馬總社，八木原，涉川，敷島，津久田，岩本，沼田，後閑，上牧，水上，湯檜曾，土合。」

幸子緊緊地閉上眼睛，眼簾裡一片紅光，直往山頂上衝。終於到達山頂後，她渾身力氣散盡，整個人就跟死了一樣動也不動。

夕陽餘暉變成了暮色，樓下傳來孩子們嬉鬧的聲音，幸子依然靠在牆壁上，縫紉機上躺著一件尚未完成的襯衫。時鐘敲了五下。

聽到開門聲，她突然回過神來。

靠坐在牆邊半夢半醒的幸子，趕緊跳起來窺探走廊上的情景。

峰子穿著睡袍站在防火梯上舉起一隻手，男人似乎正要離去。

那是個穿著舊風衣的年輕男子，幸子只看到背影，看不見長相。男子頭也不回地舉手揮了兩三下回應峰子，那是沒有做過粗工的纖細手指。

確實是另外一個男人。站在那裡目送男人背影的峰子，或許是因為暮色的關係，感覺比送走阿伸時顯得妖艷許多。

「不好意思，我幫妳墊的瓦斯費……」幸子實在說不出口，只能悶不吭聲地呆立著，心中有種自慚形穢的感覺，眼前彷彿閃過「輸了」的字眼。

「還是咱們家的水最好喝。」集太郎回到家必定先喝上一杯水。

他的意思似乎是說，家裡的水比起公司、麻將屋（註2），甚至是藉口應酬而一間接著一間上的酒吧還要好喝。平常幸子會語帶尖刻地回答：「不同樣都是東京都自來水公司的水嗎？」但由於她今晚精神恍惚，一時之間竟接不上話。

「我不是跟妳說過，我晚回家時妳自己先吃嗎？」看著桌上兩份沒動過的晚餐，集太郎不高興地抱怨著。

註2：專供打麻將的場所。

「又不是我想打才去的，課長都這樣暗示了。」他做出砌牌的手勢。「我總不能缺席吧，這就叫三味線（註3）嘛。」

「三味線，你是說這個嗎？」幸子做出彈琴的手勢。

集太郎一臉不屑地說：「妳實在是什麼都不懂。打麻將時，難免會東扯西扯的吧？」

「啊，原來是指那個呀。」

「人都是在這種時候才會說出眞心話，所以上班族並非只有朝九晚五才是工作時間呀。」

「一定要去麻將屋嗎？」

「總不能帶回家吧。因爲我薪水太少，老婆都在家裡做起家庭手工了。」

「人家又不是因爲你薪水少才做的，因爲閒著也可惜嘛。」

「既然這樣，我回家時妳總該收拾好吧。」

平常總是會事先收好的襯衫半成品，此刻正攤在縫紉機上。集太郎看幸子連忙開始收拾，便說：「算了啦，妳就不用在我面前忙來忙去了，我只是隨口提提罷了。」

看著丈夫邊打哈欠邊換上睡衣，幸子還是忍不住提出了那件事。

「隔壁的人哪……」

「隔壁？啊，妳是說那個小酒館的媽媽桑嗎？」

「她眞厲害耶。這個啊，」幸子舉起大拇指（註4），「她居然有兩個，還是一天兩個。」

「別這樣。」集太郎跟著幸子做出同樣手勢，表情極爲不悅。「我最討厭女人比這種手勢，這不是良家婦女該有的動作，很下流。」

「不然我該怎麼表示？」

「用嘴巴說呀。」

「說她有男人嗎？我覺得這樣也很下流呀。」

「她有男人又怎麼了？」

註3：三味線是日本傳統的三弦琴，在俗語中帶有「為了欺敵而虛與委蛇、勉強應酬」之意。

註4：在日本，舉起大拇指代表有男人，舉起小指則表示有情婦。

「有兩個耶。」

「這有什麼好大驚小怪的。如果她是別人的老婆問題就大了；像她做那種工作的，有兩、三個男人也是很正常的呀。」

「話是沒錯。我本來以爲又是中午的那個工頭，結果三點出門買完東西，回家接著縫衣服時，竟然又聽到別人的聲音，不是平常來的那個人。」

「妳一整天都在幹什麼呀？」

幸子有些心虛地低聲說道：「人家就聽到了嘛。」

「少跟那種不三不四的人來往。」

集太郎一邊打了一個好大的哈欠一邊鑽進被窩。幸子將燈光轉暗，卻不想立刻走進廚房。

「你爬過谷川岳嗎？」

「谷川岳？」集太郎又打了個哈欠。「沒有呀。幹嘛突然問這個？」

「你能說出從上野到谷川之間的站名嗎？」

「我工作了八小時，還要應酬打麻將才能回家，我可沒那個閒功夫跟妳玩猜謎遊戲。」

集太郎一臉不耐地轉過身去，立即酣聲大作。

隔天，幸子在交完襯衫的回途中難得買了一張唱片，還特別選擇莊嚴肅穆的巴赫《彌撒曲》。

一回到公寓，幸子立刻大聲放起唱片。她一邊換衣服一邊在意著牆壁，甚至靠近豎起耳朵傾聽，但什麼也沒聽見；她將唱片音量轉小再聽，將唱片停住又聽，還是沒有任何聲響。

「眞像個笨蛋。」

幸子敲頭嘲笑自己，忽然聽見有人敲門，打開一看，管理員站在門口。她是個年近七十的老太婆，劈頭便問道：「太太，妳有沒有空？」

有空的話，能不能幫忙跑一趟池袋？隔壁的媽媽桑出門前和我在信箱前面聊天，結果忘了帶酒館的鑰匙，但她有事沒辦法回來，因此想找人幫她送過去。

「我要是有空就親自跑一趟了，因爲我早就想去她店裡看看，萬一店面不怎麼樣的話，我擔心拿不到房租呢。時澤太太，妳可要幫我好好觀察一下。」

幸子拿著地圖和鑰匙串便出門了。

小酒館「拼圖」位於池袋車站前酒店巷的地下室。

一走下階梯，幸子卻看見應該等在門口的峰子笑著從店裡出來。

「眞不好意思，不用了。」峰子抱歉地說。

「原以爲今天休假的酒保來上班了，所以不需要鑰匙。我趕緊打電話回去，但妳已經出門了。計程車錢我付，要不要喝點什麼？」峰子招呼幸子坐下。

那是一間最多坐十個人的簡陋店面，全身毛茸茸的酒保正在削芹菜莖，店裡只有一個坐在吧台角落的年輕客人，手裡玩著魔術方塊。

幸子點了杯咖啡，但峰子卻已經調好威士忌送上來說：「妳應該能喝吧？」

「謝謝。」幸子客氣地點頭道謝後，才發覺這個舉動在這裡很突兀，坐在吧台角落的男子瞄了幸子一眼。

濃妝豔抹的女人和樸素的家庭主婦隔著吧台相對，在峰子修長纖細的鮮紅蔻丹前，她那爲家事操勞、沒有塗指甲油的短小手指便顯得十分寒酸。幸子一口氣喝光威士忌，卻被狠狠嗆到了，峰子趕緊拍拍她的背。

一緊張喉嚨就不太對勁、容易嗆到，這是幸子的老毛病。

「我這個人啊，經常在緊要關頭出差錯。」

考試的時候偏偏吃壞肚子；拍相親照的那天，鼻頭上偏偏冒出青春痘，幸子說。

「去年也是。我和一起做家庭手工的朋友說好去巴黎玩，想說平常都很認眞工作，打算偶而奢侈一下，連護照什麼的都辦好了，卻得了盲腸炎。」

「結果沒去成？」

「就是呀。」

峰子塗藍抹黑的眼睛突然浮現親切的笑意：「我也得過盲腸炎呢。」

「最近嗎？」

「很久以前。」

幸子不禁高興起來。

「我的傷口有這麼大。」幸子比出四公分的寬度。

「我的啊……」峰子比出比幸子還長兩公分的寬度。

「哇，好長呀。」

「因爲是鄉下醫生開的刀，又是很久以前。」

「那是用縫的囉？」

「妳的是用釘合針嗎？」峰子說到一半突然臉色大變，因爲門口站著一位客人。是那個男人，那個總是到她家的工頭阿伸。

「歡迎光臨。」峰子的聲音突然變得很客氣，她彎腰鑽出吧台，對著酒保招呼道「麻煩了」，便依偎在阿伸身上走出店裡。

幸子趕緊拿起酒杯喝著。集太郎今晚似乎還是會晚回家，但晚餐不準備不行。要做什麼菜好呢？

坐在吧台角落的年輕男子拿起粉紅色的電話開始撥號。

「請問是武智老師的府上嗎？」

幸子頓時愣住了。

「我是朋文堂的麻田。是的，就是專門裱畫的朋文堂，我叫麻田。關於您送來的東西，恐怕會遲個兩、三天。」

是那個聲音。

「不是的，那一件沒問題。是八十號和六十號的靜物畫，還有玫瑰的四十號。」

接下來是討論交件的日期。

男人的聲音在幸子聽起來就像音樂。

話聲在她耳中漸漸變成唸著「新町，倉賀野，高崎，井野，新前橋，群馬總社」的聲音，幸子覺得快喘不過氣來了。她一口氣喝光威士忌，用力地站起身。男子剛好打完電話，或許是對幸子強烈的視線感到納悶，他靜靜地回視著幸子。男子大約三十出頭，五官端正，眼神卻帶著憂鬱。幸子急忙走出店裡。

當她正準備從地下室走上去時，便看見峰子和阿伸在樓梯轉角處糾纏著。阿伸用身體將峰子緊緊壓在牆上，發出含混不清的哭泣聲，峰子則僵著一張臉。

幸子發現阿伸的右手似乎閃過一道亮光，不禁當場愣住。峰子認出幸子的身影，改成輕輕抱著阿伸的姿勢問道：「太太，要回去了呀？」

峰子的口氣十分泰然自若，阿伸也像平常在走廊相遇時一般尷尬彆扭，幸子不禁鬆了一口氣。

「謝謝妳的招待。」說完，她故意將目光避開互擁的兩人，匆匆爬上樓梯。

來到外面，天已經黑了。幸子忽然感到有些悲哀，因爲集太郎從來沒有用那麼熾熱的眼神注視過她，她也從來沒有被那樣的聲音深深誘惑過。一想到集太郎這時肯定在打麻將她就生氣，甚至覺得連閃爍的霓虹燈也在嘲笑自己。

集太郎跟往常一樣過了半夜才回來，一到家便倒涼水來喝，並不斷地打著哈欠。

「怎麼你的哈欠越打越大呢？」

「反正又不是在別人家打。」

「婚姻和家庭，難道只是用來猛打哈欠的地方嗎？」

老公的回答是更大聲的哈欠。

背對著正在換睡衣的老公，幸子逕自走向廚房。她用力扭開水龍頭，不發一語地看著水從玻璃杯中滿溢出來。有的女人一生豐富多彩，有的女人則空虛貧瘠。她彷彿又聽到了那低吟著「上野，尾九，赤羽，浦和，大宮，宮原，上尾，桶川」的聲音。

夜晚彷彿沒有出現過一般，新的早晨再次到來。

沉悶空虛的污濁空氣被早報和鮮奶一掃而空，男女都精神抖擻地忙碌起來。

幸子送走集太郎後，也坐到了縫紉機前面。她好像聞到瓦斯味，又覺得是自己神經過敏。

幸子忽然停下手邊的工作，因爲牆壁後方似乎有動靜。她聽見女人的呻吟聲和男人的哼叫聲，鏡子裡則映照著自己像壁虎般貼在牆上的身影。

「眞討厭。」

七早八早的，眞叫人不愉快。爲了一掃心中的鬱悶，幸子決定放唱片來聽。她大聲地播放巴赫，鬆開緊皺的眉頭，繼續踩著縫紉機，偏偏心中還是很在意；但轉低音量後，又聽到了女人的呻吟聲，只好再趕緊調高音量。就在這個時候，她又聞到了瓦斯味。

她走到陽台探頭觀望隔壁的情況。

蕾絲窗簾晃動著，窗簾後方伸出一隻女人的手對著空氣猛抓，似乎想打開玻璃窗，手腕上滿是鮮血。

幸子趕緊越過陽台的隔板，看見峰子倒在窗戶裡面，她拿起乾枯的盆栽打破玻璃窗，頓時聞到一股刺鼻的瓦斯味。

「來人呀！快叫管理員！快打一一〇報警啊！」幸子一邊喊叫，一邊將手伸進玻璃縫裡開鎖，卻因爲太過緊張，始終無法打開。

「快來人呀！」

幸子邊高聲呼救邊衝進屋裡，發現一個從雙人床上滑落的全裸男人倒在地上動也不動，是阿伸。幸子試圖拖出昏迷不醒的峰子，卻被瓦斯嗆得咳嗽不止。她用手揮去瓦斯的臭味，並拉好峰子身上的睡袍下襬，接著爬出陽台，大喊：「麻煩誰去打一一〇報警呀！」

幸子恍惚地看著救護車載走兩付擔架，耳中聽見鄰居們在議論紛紛。

「聽說是殉情。」

「死了嗎？」

「好像還有呼吸。」

這時，她才猛然發覺自己的手臂被玻璃割傷，正緩緩沁出鮮血。

「說是鄰居，其實才搬來三個月。不是的，不是我家，是隔壁鄰居。」

幸子有生以來頭一次面對電視媒體的麥克風。

「其實也沒有那麼熟啦，頂多只是會寒暄『今天垃圾車比較晚耶』之類的話題。哎呀，已經開始拍了嗎？討厭，我這身打扮。」

偏偏今天頭髮只用橡皮筋綁著，身上的襯衫也皺巴巴、髒兮兮的。

「請問妳衝進現場時心情怎麼樣？」

「我只想趕快救人而已。」不知道爲什麼，幸子的呼吸有些急促。「我可是生平第一次遇到這種事啊。你也知道，家庭主婦的生活很普通，總認爲那些自殺呀、殉情什麼的不會發生在自己身邊。偏偏就在意想不到的時候，像是被賞了一巴掌似地，隔壁就突然出事了。其實這也沒什麼好大驚小怪的啦，就像那個西鶴《好色五人女》（註5）裡的木桶店阿山呀，咦？還是阿仙？還有什麼衛門，那個賣曆書的，換作現在就是月曆店老闆的老婆啦。啊！是裱裝店的阿仙啦，阿山？哎呀，我都搞混了。」

幸子一笑便停不下來了。

---

註5：井原西鶴（1642～1693）江戶前期俳句詩人，小說家。擅長以冷靜寫實的手法描繪人間百態。代表作品有：《好色一代女》、《日本永代藏》、《好色一代女》、《世間胸算用》等書。《好色五人女》敘述了阿夏、阿仙、阿山、賣菜阿七和阿滿等五個面對道德與社會制度約束，為愛奔命的女人的故事。

「那些豁出去搞外遇、鬧殉情的人們，隔壁都住著非常普通的女人，就像我一樣，一定都嚇得半死。哎呀，你的扣子快掉了，因爲我兼差幫人釘扣子，所以有職業病。」

或許是心情亢奮的關係吧，幸子不停地笑著。

「你說我先生嗎？他是上班族啦，很普通的。討厭，你們還在拍嗎？」

手上綁著繃帶的幸子以遮住整個畫面的方式結束了這段採訪。

幸子打開冰箱，正用手指捏起剩菜來吃時，家中電話鈴響了。

「妳少在那裡丟人現眼！」劈頭就是一頓痛罵，是集太郎。「電視新聞啦！」

「你看到了啊？」她聲音又高亢了起來。

「瞧妳興奮地亂說一通。有人死了耶，妳這笨蛋還在那裡說得那麼高興！」

「哪有人死呀？得救了，是我救了他們。」

「就算是得救了，但是人命關天啊！妳也犯不著張著鼻孔邊笑邊說吧？」

「我哪有笑？」

「妳有，還一副高興得不得了的樣子，眞是不檢點！」

「喂喂？」

「還有，不知道的事就不要亂說！」

「啊？」

「幹嘛還扯到什麼西鶴五人女啊？我一聽，嚇得冷汗直流。連阿仙和阿山都搞不清楚，還說什麼賣月曆的！」

「高中聯考有考過啊。」

「妳要說，好歹也先讀過再來開口。」

「這次比較特別嘛，人家也是太過興奮才有些錯亂了。」

「就算再怎麼興奮，也不該那樣說自己的老公吧？」

「我又說了什麼？」

「說我是普通的上班族啊。雖然沒錯，但也不需要在電視上大肆宣傳吧！」

「我也是被問到才說的嘛。」

「公司的同事都看到了，害我成了笑柄。」

「又不是我愛上電視接受訪問的。管理員去醫院了，記者又拚命敲家裡的門，門一開麥克風就堵在眼前了，我沒辦法啊。」

「既然如此，妳就別待在家裡啊。」

「要我去哪裡？」

「這種事不會自己想嗎？」

電話卡擦一聲掛斷了，餘音還在耳中回響。

老公居然連一句關心傷勢的話也沒有，幸子一邊想一邊匆匆離開家裡。走到門口，似乎又聽見了電話鈴聲，她沒有回頭。

幸子在站前書店抽出一本西鶴的《好色五人女》，接著走進隔壁的咖啡廳點了一杯咖啡，翻開卷二的「情深樽屋物語」閱讀。

「井聲替代戀情悲，身有限而情無盡。手下棺桶知無常，爲渡生計急錐鋸。」

幸子舉起咖啡杯時，手還在顫抖。她翻到後面的白話文翻譯。

「人的性命有限，但情路卻沒有盡頭。」

她眼睛追著文字，心中卻浮現了那個聲音。他說過自己是「朋文堂的麻田」，等到回過神來，幸子已經起身翻閱電話簿，並在繪畫器材裱框欄找到了朋文堂的資料。

「喂，這裡是朋文堂。」

撥完號碼，話筒裡出現那個聲音。幸子掛上電話，將地址抄在記事簿裡，手似乎完全不聽使喚地動了起來。

朋文堂位於相隔兩站的車站前。

它的店面頗大，除了麻田，另外還有兩、三名店員。幸子看見麻田吸著香菸和女店員打情罵俏，心想他還不知道峰子出事了。

「嗯……」幸子支吾地小聲告知對方：「那個人的事，你還不知道吧？」

「那個人？」

「她殉情自殺，結果受了傷，狀況很糟。」

幸子在後面的倉庫告訴麻田事情的概況。倉庫裡雜亂地堆放著壞掉的畫框等器材，並瀰漫著黏著劑的味道。

「聽說性命沒有什麼大礙，只是吸進了一些瓦斯，傷勢也不是很嚴重。」

「是嗎？」

麻田沒有問起對方男人是誰，或許他心裡已經有數了。麻田關心過幸子手上的傷勢之後問道：「是她叫妳來通知我的嗎？」

「不是的。因爲你在她店裡打電話時，提起了這裡的店名。」

原來如此，麻田一副恍然大悟的神色。

「可是妳怎麼會知道我……對了，她住的公寓，因爲妳是她的鄰居，進出時可能碰過面……」麻田說到一半又改口，「不對，我只到過她公寓一次，而且我也沒有見過妳。」

「我認得你的聲音。你打電話時，我一聽就知道是那個說『上野，尾九，赤羽，浦和，大宮』的人……」幸子說完才發現自己失言，「對不起，公寓牆壁太薄了，就算不想聽，卻連打鼾跟嘆氣聲都能聽得一清二楚。啊！」

簡直是越描越黑。

什麼都被聽光了的男人沉默地轉過身，摸著那些壞掉的畫框，幸子低下頭快步跑開裱裝店。

幸子對自己感到生氣。

又沒有人拜託自己，幹嘛特意調查麻田的地址，還跑來找他？因爲懷抱著過度的期待，失望如漲大的氣球般爆開，讓她狼狽不堪。她彷彿聞到身上有著自己都嫌棄的惡臭，羞愧得抬不起頭來。

幸子身後傳來腳步聲，麻田追上來在她耳畔說：「能否陪我喝一杯？」

或許因爲太陽還沒下山，這家不知道該叫做酒吧還是小酒館的店裡門可羅雀。

兩人才並肩坐上吧台，麻田便粗魯地拿著威士忌杯碰撞過來。幸子無法揣測他的心意，只好用包著繃帶的手舉起酒杯，再次和他互撞杯子。麻田一語不發地連喝了三杯，幸子也喝了兩杯。

走出酒吧時，醉意忽然湧起。

「肚子餓不餓？」麻田問。

「餓了。」想想這天她從一大早起就沒有好好吃一頓。

麻田在路邊買了爆米花，不由分說地便塞了幸子滿嘴，兩人邊走邊吃。麻田自己吃著，同時也將爆米花塞進幸子嘴裡。麻田充滿黏著劑味道的手指觸碰到幸子的嘴唇，每次爆米花塞進嘴裡，幸子的內心深處就是一陣激盪。爆米花又塞進嘴裡了。

麻田在床上的動作也很粗魯，但粗魯中又帶著不可思議的溫柔。幸子綁著繃帶、像獨立個體般擱在頭上的手緊抱著麻田，指尖抓著他的背。她眼角滴下淚水，隔著賓館的窗簾看見了夕陽。

「別開燈。」

幸子在陰暗中問起裱框的祕訣。麻田說，不能對畫作心生嫉妒，必須按捺嫉妒之心，全心思考如何襯托出畫作才行。他曾想當畫家，卻沒有才能，爲了讓自己死心，最近打算出國去紐約。

「要不要一起去？」

「我嗎？」

「妳不是有護照嗎？很簡單的。」

「你怎麼會知道……」

「去巴黎前得了盲腸炎，總是在緊要關頭出差錯。」

「啊，那個時候啊。」幸子終於笑了。「去年本來想跟做家庭手工的朋友一起去的。」

「妳都做些什麼？」

「縫紉的手工，一件襯衫一千兩百圓。」

幸子下床去淋浴。

麻田幫幸子收好半開的皮包時，看見裡面有一本書。是西鶴的《好色五人女》。

他順手一翻，便看到了卷四「癡情戀草八百屋物語」。

「雪夜中情宿，世情莫小覷，殊更難爲情，道中懷裡銀，酒醉獻佩刀，女遇避世僧（註6）。」

麻田嘴裡唸著「道中懷裡銀」時，打開了幸子的紅色小錢包，看見裡面整齊塞著三張摺了又摺的千圓鈔票，心中不禁湧起一股憐惜，便從口袋裡掏出裝有三十萬現金的信封袋，抽出三張放進錢包。

背後的門打開了，麻田叼起一根香菸。閃爍著賓館街頭霓虹燈的玻璃窗上，映出幸子準備回家的身影。

「要回去了嗎？」

「再會了。」

---

註6：這一段的文字是敘述：蔬果店千金阿七為了在雪夜會情郎吉三郎，被小和尚撞見，為請其保密而給予賄賂。

「就這樣子嗎?」

「這是我一生的回憶。」

幸子輕輕向他鞠躬，便抱著皮包走出房間。

集太郎一邊喝著啤酒一邊攤開晚報瀏覽。

「手怎麼了?」他的語氣很溫柔。「那種情況根本不是妳一個女人家該出面的，之前還發生過一闖進屋裡，冰箱的火花便引起瓦斯氣爆的事情呢。」

「我知道了。」

幸子故意不看集太郎，低頭將水壺放在瓦斯爐上，正在調整火力時，集太郎站了起來，從身後吻著她的頸項。幸子掙脫之際，門鈴響了，是管理員來還錢。早上管理員在慌亂中坐上救護車時，因爲擔心會有花用，臨時向幸子借了五千圓。

事情雖然鬧得很大，當事人的傷勢倒沒有很嚴重，據說峰子兩、三天後就能出院了。

「時澤太太，妳看起還眞是容光煥發呀。不過女人遇到這種事，就算和自己無關，也還是會忙得很起勁哪。」

管理員笑著離開了，幸子知道自己揚起的嘴角是僵硬的。將收回的五千圓放回錢包時，她的臉又再次僵住，裡面竟然有三張沒有印象的新鈔。

放錢進去的人一定是麻田。幸子自以爲談了一場今生唯一的戀愛，那個男人卻用三萬圓買了自己。幸子的手在顫抖，身體也在顫抖。

爲了躲避集太郎的視線，幸子假裝拿起垃圾到外面丟。她站在寫著「非垃圾日不得亂丟」的告示牌前，茫然地提著垃圾桶呆立著。

「妳眞的不太對勁耶。」集太郎也站在一旁。

「白天的事，就不要去想它了。」他接過幸子手上的垃圾桶說。「都怪隔壁搬來了這種麻煩的鄰居！」

說完，他拍拍幸子的肩膀示意該回家了，他自己也先一步踏進屋裡。

兩天後，峰子捧著小盒點心來道謝。本來就很纖細的她又瘦了兩圈，臉色也十分蒼白。

「前幾天眞是給妳添麻煩了。」峰子低頭致歉。「要不是太太趕來救我，我這會兒早就躺進方盒子裡了。」

她指的大概是骨灰罈吧。峰子環視了屋裡之後表示：「明明都是一樣的格局，怎麼看起來像是不同的公寓呢。看來所謂的家庭還是不一樣呀。」

本來幸子就已經覺得很心虛了，聽到家庭這個字眼，更是抬不起頭來。

「討厭，太太何必低頭呢？畢竟出醜的人的是我呀，這樣不是很奇怪嗎？」

「誰的家裡沒有一兩個見不得人的祕密呢？彼此彼此啦。」

「聽到太太這麼說，我眞的很感動。」峰子落寞地低聲說道。「每次我一出走廊，整棟公寓的女人視線就像箭一樣射過來，只有妳對我這麼親切。」

「我們是盲腸炎之友嘛。」

峰子聽到幸子的安慰，稍微露出了笑臉，接著說既然同爲盲腸炎之友，她想跟幸子借點錢應急。她說若是跑去銀行領，又要忍受周遭的白眼，因此想先借個兩三萬圓。幸子將放在縫紉機抽屜裡的那幾張鈔票，抽出兩張交給對方。

峰子舉起手道謝，話都還沒說完，便拿起鈔票翻過來檢查。

「怎麼了，是假鈔嗎？」

「眞是怪了，原來這世上還有跟我習慣相同的女人呀。」峰子直視著幸子的眼睛，慢慢地低聲說道。「我呀，拿錢給小白臉的時候，因爲也是陪笑倒酒賺來的，所以總會像這樣在角落留下唇印跟鈔票說拜拜。」

鈔票一角確實沾有紅色的唇印。

「這跟我前不久才送出去的鈔票很像。時澤太太，妳是在哪裡拿到的啊？」

「哪有誰呀，我的錢不是老公給我的薪水，就是家庭手工的酬勞呀。」幸子故作鎮定地回答，聲音卻高亢起來。

「是這樣嗎？」

「是這樣呀，不然還有什麼？」

峰子直視著幸子的臉，冷笑地說聲「打擾了」，便關上大門離去。

幸子再看了一次峰子沒有帶走的鈔票一角，茫然地跌坐在地上。

走廊上傳來吵雜聲。

峰子好像遭到了公寓主婦們的圍攻。

「造成大家的困擾，我也覺得很抱歉，但我又沒有偷別人家的東西，弄破的玻璃我也會補好，憑什麼要我搬出這裡？」

大約有三、四個主婦圍住峰子，耳熟的聲音紛紛指責著：

「不管去哪裡都被指指點點，說什麼就是那棟公寓！」

「聽起來好像連我們也很不檢點一樣。」

「不檢點？」峰子聲音也大了起來。「最近有些家庭主婦才眞的是不檢點吧？不是也有很多主婦爲了錢將肉體出賣給男人嗎？」

或許是爲了袒護人單勢孤的峰子吧，管理員也幫腔說：「對啊，家庭主婦賣春的事也常聽到嘛。」

幸子手裡拿著那三張沾有口紅的鈔票，整個人呆立在那裡。

幸子來到朋文堂時，麻田已經前往紐約了。上了年紀的老闆一邊表示麻田請了一個月的假，回不回來很難說，一邊將寫著紐約住址的紙條交給幸子，說那是麻田朋友的工作室。老闆完全沒有問幸子的姓名和他們兩人的關係。

只要一想到縫紉機抽屜裡放著那三張角落有口紅印的鈔票，夜裡集太郎的手伸過來，幸子也無心與之燕好。

她在黑暗中激烈掙脫著，一個人爬出被窩鑽進縫紉機底下。

「我今天累壞了，對不起。」

「早叫妳不要做家庭手工嘛。」

集太郎轉過身，背對著幸子睡著了。

如果是外遇也就算了，但幸子只要一想到自己竟然用肉體交換過金錢，心裡便內疚不已。

不只是晚上，白天她也是坐立難安。

她覺得自己一走出走廊，主婦們就好像立刻停止了竊竊私語。峰子該不會在背後說了什麼吧？哪天會不會傳到集太郎耳中呢？買菜拿出萬圓大鈔時，她也覺得大家都在看她，因此手抖個不停。這樣下去不行，幸子心想。於是她將做家庭手工定存的私房錢解約，去旅行社辦了簽證，並買好到紐約的機票。就結果而言，她蒙上了主婦賣春的污名，她必須將之轉換成戀情。

「我去爬谷川岳。」

幸子在餐桌上留下字條後，便直奔成田搭機，像是被什麼附身了一樣。

「事出突然，且不得爲人知；如今捨身獻命，與茂右衛門冒死奔赴殉情路。」

不知道是飛機起飛時的震動還是心情的激動，幸子不斷顫抖著，視線也停在腿上《五人女》的同一行句子上。

她眼前浮現眉毛剔光、牙齒塗黑、一身古代少婦裝扮的自己，和狀似夥計的麻田手牽著手私奔的畫面。

一旦豁出去了，也不知道是自暴自棄還是安下心來，幸子倒是睡得安穩，補足了這十天來的睡眠不足，機上餐也吃得精光。

儘管是第一次出國旅行，又是去紐約，但或許是因爲常看電視和旅遊介紹的關係，幸子一點也不緊張。面對如此重大的情海波瀾，造訪未知的土地相對而言就成了小事。

幸子很快就找到麻田位在二十八巷的落腳處。那是一幢相當破舊的七樓建築，他住在六樓。由於電梯壞了，她爬上在白天也顯得陰暗的樓梯，舉手敲門後，出現了一個抱著貓的美國年輕人。

「Mister Asada（麻田）……」之後幸子就只能瞪大眼睛，一句話都接不下去。

麻田站在男人背後，手上抱著同樣毛色的貓。他看見幸子卻什麼都沒有說，只是將手上的貓放了下來。

「爲什麼你一點也不驚訝？」

「我這個人就算是驚訝，臉上也看不出來。」說完，他上下看了一眼皮箱只裝著幾天換洗衣物的幸子，問說：「跟誰一起來的？」

「我一個人。」

「跟家裡怎麼說？」

「說去爬谷川岳。」

麻田聽了放聲大笑。

「那個，我有東西必須還你……」

幸子掏著皮包，麻田像是爲了堵住她的嘴巴般，粗魯地一把搶走旅行箱後說：「最先想去哪裡看看？」

「第五大道，時代廣場，哈林區，第凡內，卡內基音樂廳，蘇活村，中央公園，The Dakota House（約翰藍儂遭槍擊而身亡之地）。」雖然不是站名，這一次輪到幸子唸著一大串地名。

兩人如情侶般手牽著手，時而搭肩、時而相互嬉鬧地到處觀光。新舊街道、黑白面孔經過兩人身邊，彷彿紐約這個字眼已經和戀愛、私奔等字眼重疊，幸子沉醉了。

喝著美國的百威啤酒，並吸了麻田半根香菸，和黑人情侶們一同並肩坐在東村的小店聽著爵士樂，然後趁著醉意繼續沉醉在麻田的床上，在醉意中沉睡。

「喉嚨……好乾……」半夢半醒之間幸子低喃。

大概是太疲倦了，眼睛睜不開。

「我去喝個水。」

她起床時不小心以爲自己踩到集太郎：「對不起……」

幸子搖搖晃晃地打算走去廚房喝水，卻撞上用來隔間的屛風，屛風發出巨大聲響倒地，打破了花盆。

「我想喝水……我們家的廚房都在這個地方……」幸子對驚醒的麻田勉強笑著。

閃爍的霓虹燈讓房間忽明忽暗。這個時髦的房間是由閣樓倉庫所改裝的，如體育館般純白的天花板上懸吊著好幾輛腳踏車作裝飾。那個美國男人被響聲驚醒，抱著貓起床的身影映照在白色牆壁上像是巨大的怪物，腳邊是碎成兩半的花盆。

「討厭，眞是的。我居然弄錯了，還以爲是自己家裡呢。」幸子雖然大聲笑著，高亢的情緒卻引發了別的東西，她突然衝過去抱住自己的行李箱。

「回家，我要回家！」

「別說傻話了，這裡可是紐約啊，離日本有一萬五千公里遠呢。」

「我要回去，我要回日本！」

「妳要怎麼回去？走回去嗎？」

「怎麼辦？我鑄下大錯了！」

麻田抱著哭喊「好怕，我好怕！」的幸子，再度回到床上。因為害怕，幸子更加陶醉於肉體的歡愉。

「不義者問斬。」

幸子夢見地藏堂腐朽的大門開著，自己被一身武士裝扮的集太郎揮刀砍下。她更加沉溺於麻田。

初次親眼目睹的自由女神像，神情比想像中嚴峻。

「她手上拿的那個是什麼啊？」

「右手是火把，左手應該是獨立宣言吧。」

「自由和獨立……」

「女人都很喜歡這些字眼吧。」

「因為無法擁有呀。女人一旦結了婚，這兩樣就全都失去了。不能夠愛上別人，談戀愛也成了滔天大罪，在以前甚至會被殺頭。結了婚的女人，都是做好赴死的決心才談戀愛的。」說話之際，幸子的情緒又高亢起來。

她彷彿看見殉情的自己和麻田，屍體卡在哈德遜河邊林立的木樁上，岸邊的石頭全都寫著南無阿彌陀佛。

曼哈頓的高樓旁有一條廢棄的高速公路；夕陽西下，兩人長長的身影看起來就像十字架或墓碑，讓人想不喝酒都不行。

第三天清晨，幸子睜開眼睛，覺得好像聽見了縫紉機的聲音。

「上面是製衣工廠嗎？」

「不是，是雕刻家的工作室。」

閉上眼睛，麻田輕柔地擁著她的肩膀。幸子外表看起來很纖細，其實十分豐滿。從麻田那裡獲得集太郎不曾給過的沉醉後，她起身離開。

「有縫紉機的聲音。」

「妳聽錯了吧？」麻田趴在床上說。

幸子從皮包裡拿出鈔票塞進麻田的西裝口袋。該回家了。西鶴的女人死了，但現在的女性可以重新來過。

她脖子後面傳來一股溫熱的氣息，原以爲還在床上的麻田站在她背後。

「我是來還錢的。我不喜歡無緣無故欠人家錢，然後……」

「既然如此，爲什麼剛到的時候不還？那麼親熱地跟我在紐約街頭漫步之後，才說要還錢，妳是什麼意思？」

「還錢是藉口，我喜歡上你了——我很想談個一生只有一次的戀愛。」

「一生只有一次的戀愛三天就結束了嗎？見好就收，擦擦嘴巴就要回去了？妳以爲妳是誰啊？」

麻田因爲喜歡幸子，才會那麼憤怒。

「還說你臉上看不出表情，騙人。你的表情好嚇人。」

「如果我說不准妳回去呢？」

「我還是要回去。」

「回去妳要怎麼說？」

「什麼都不說，繼續拚命踩我的縫紉機。」

看著幸子認眞的眼神，麻田只說了一句話：「妳好堅強啊。」接著伸出手，意味著「加油，好好幹吧」。

「謝謝。」

無論今後能再活幾年，大概也沒機會像這樣緊緊握著男人的手了吧。幸子心想。

集太郎踏進小酒館「拼圖」是在深夜十一點左右。

「我是妳的鄰居時澤。」大概是喝了一點酒，一坐上吧台的椅子，集太郎便這樣和峰子打招呼。

峰子無言地點了點頭，立刻動手調了集太郎點的威士忌。

「我太太有沒有跟妳說過什麼?」集太郎玩著吧台上的魔術方塊。「她前幾天離家了，留下字條說要去爬谷川岳。」

「谷川岳?」峰子正在敲碎冰塊的手停了下來。

「以前從來沒聽過她喜歡爬山，突然間說要去爬谷川岳，搞得我眞是莫名其妙，所以才想來問問妳。」

峰子抓著碎冰錐動也不動。

「她到底是跟誰去的？那應該不是一個人可以爬的山吧？」

「谷川岳嗎……」峰子眼神游移著。

「對了，她還問我能不能說出從上野到谷川之間的站名。」

峰子笑了出來，而且非常大聲。

「妳也太沒禮貌了吧？知道我是誰，好歹也該說句前陣子眞是不好意思之類的話才對啊。」

自己的太太只顧救人連手都弄傷了，固然沒有意思要對方感激，但他們畢竟也算是受害人。可是峰子不但連聲抱歉都沒說，連集太郎問她事情，她回也不回還放聲大笑。五天來積鬱難消的集太郎語氣變得強烈起來。

「因爲太好笑了，我才笑的嘛。」大笑之後，峰子回答道。「我才是被妳太太害的可憐人，如今她正在爬谷川岳呢。」

只不過那不是山，而是男人呀。峰子大口喝下純威士忌之後說。

「男人？」

峰子幫愣在那裡的集太郎倒酒。

「是呀，而且還是我喜歡的男人。」

「怎麼可能？幸子沒能耐做出那種事。她不但是個死腦筋，還是個沒有魅力的守財奴。」他的語氣漸漸弱了下來。「那個男人姓谷川嗎？」

峰子又灌了一大口酒。「不是。他和我在房裡親熱時，曾唸著『上野，尾九，赤羽，浦和，大宮』，被你太太聽到了。我大白天帶男人回家確實是丟人現眼，但你太太貼在牆上偷聽的德性，也好不到哪兒去。而且你太太還從男人那裡……」一氣之下，峰子差點說出幸子從男人那裡拿錢，只能趕緊打住。

「從男人那裡怎樣？」

「從男人那裡得不到注意嘛。」

「她是有老公的人呀。」

「老公才不是男人。」說完，峰子小聲說了一句文字接龍眞不好玩，但集太郎似乎沒聽到。

「因爲如此，才會一下子沖昏頭吧。」

集太郎正要回話，店裡進來一名喝醉的客人。

峰子告訴對方要打烊了，那個人卻硬要進來，集太郎大吼一聲要他滾出去，握著酒杯的手卻抖個不停。峰子將他的酒杯斟滿，也幫自己倒了酒。

「結婚幾年了？」

「七年了。」

「幹我們這一行的，七年就能獨當一面；但結婚七年卻已經不行了。」

集太郎和峰子勾肩搭背地爬上公寓外面的樓梯。峰子站在邊搖晃邊掏出鑰匙準備開門的集太郎身邊，伸手遮住鑰匙孔，再瞄了一眼自己家半開著的門，引誘著集太郎。

「房間的格局一樣嘛。」

「是呀，格局一樣。」

脫掉集太郎的襯衫後，峰子拉著他的手抱住自己說：「女人的格局也一樣。」

她將集太郎推倒在床上後問道：「怎麼樣，一樣吧？」

集太郎解開她衣服上的扣子。

「這種時候，我總是會聽到縫紉機的聲音。」峰子睜開眼睛呢喃著。「從牆壁後面傳來卡噠卡噠的聲響。我一聽到那個聲音就覺得安心，因爲就聽不見我的叫聲了。但我後來卻越來越不甘心，那聲音聽起來就像在說：『我可是人家的太太，不但有名有份，還受到世人尊重。』『妳算什麼？只能躲著見不得人。』就算有再多的男人，也跟在冥河邊堆砌的石頭一樣（註7），什麼都沒留下。只有踩著縫紉機做襯衫貼補家用，才能擁有一個家庭呀。」

「這是妳的報復嗎？」

「沒錯，是我的報復。」

他懷中的峰子忽然顯得十分脆弱，集太郎抬起身體。

「是不是有縫紉機的聲音？」

「你聽錯了吧？我什麼都沒聽見。就算她回來了，至少也會開燈呀。」

集太郎安撫似地抱著峰子，峰子走下床，拾起地上的襯衫交給集太郎。

「你還是沒有勇氣吧。」

集太郎默默地扣上鈕扣。

「也不是吧，其實回家更需要勇氣。」

「希望如此。」

或許是一板一眼的個性使然，集太郎很仔細地打好領帶。

「結婚就是這麼一回事。」他自嘲地笑著。「很不自由的。」

峰子也跟著一起笑了，但話聲帶著些顫抖：「聽起來很棒啊，眞叫人不甘心。」

她眼中泛出閃亮的淚水。

「晚安。」她打開門送集太郎出去。

「晚安。」隨即便聽到隔壁的房門開啓又關上的聲音。

大概是什麼國定假日吧，公寓外面掛著國旗。

幸子提著旅行箱回家了。她佇立在公寓的樓梯下方，調整好呼吸後才一口氣

---

註7：在日本的傳說中，比父母先死的小孩子只能在冥河的岸邊堆石頭償還罪過，但只要快堆好的時候，看守冥河的鬼就會把他們堆好的石頭打翻，他們就只能永遠在那裡堆著石頭。

爬上去。一向爬得很習慣的樓梯，突然有種變高變陡的感覺，可是不先克服這道階梯就回不了家呀。

集太郎睡在凌亂不堪的被窩裡，旁邊堆滿了啤酒空罐。

幸子用明朗的語氣大聲喊道：「我回來了！」

集太郎閉著眼睛，沉默不語。

幸子再次喊了一聲，下定決心鼓起勇氣，用更明朗的語氣、更大聲地喊道：「我回來了！」

「歡迎回家。」集太郎的眼睛依然閉著，然後問道：「谷川怎麼樣？」

「老實說，我並沒有去爬谷川岳。」

「別說了！」接著他又柔和地加上一句。「別說了，其實我自己也去了山下。」

「山下……」

「還被人家說比起上山，回家其實更需要勇氣。」

「誰？」

集太郎睜開眼睛。

看著他沾著眼屎、滿臉鬍鬚的臉，幸子突然覺得很親切。

「這個等到我們七老八十時再說不更好嘛？」

「嗯。」

幸子彷彿嚥下了積在胸口的大石頭。

「我以後會更努力的。」

「妳可要給我好好地做呀。」

集太郎起床，用力拍了一下幸子豐滿的臀部。幸子轉過身去，掩面啜泣了起來。

「妳看著哪邊哭呀。」

幸子立即衝進集太郎懷裡，像孩子般地放聲大哭。

峰子搬離開那裡是在三天後。她積欠了兩個月的房租，還欠了幸子代墊的瓦斯費和洗衣費，簡直可說是倉皇而逃。她們前堆滿了威士忌、可樂的空瓶、舊報紙；屋子裡只剩下一張光禿禿的雙人床，其他東西都搬空了。

梅雨季結束時，抱著大布包的幸子跟往常一樣搭乘搖晃的巴士回家。大布包裡是做家庭手工所需的材料。領子、袖子、前後身——她的工作是將分別裁製的女性身體部分縫成一件襯衫。

回歸到家庭主婦——時澤幸子的身分已經一個月了，當時的傷口只有幸子自己知道。現在的她比以前更認眞地煮飯做菜、踩縫紉機。巴士因爲紅燈停下，幸子隨意看著窗外，突然喊了一聲。她看到峰子坐在摩托車後面抱著男人的腰大笑著。

幸子感覺好像遇見了很懷念的人。她很想打聲招呼，說些什麼，但是號誌燈變成了綠色，兩輛車之間的距離逐漸越拉越遠。

# 幸福

幸福

縫製夏天用的結婚禮服，對裁縫師來說是很辛苦的。沾上了汗漬得賠償，受到燈光吸引而飛來的昆蟲更是白色布料的大忌。素子一邊用濕毛巾擦去額頭、脖子上的汗水，一邊趕著縫布邊。

她在西服店做裁縫一直做到二十七歲，雖然比不上一流公司的女職員，但精湛的手藝也爲她增加不少收入。裝個冷氣對她而言並非難事，但素子卻不願意。她告誡自己：一旦裝了冷氣，就永遠無法離開這間屋子，硬是撐著不買；心裡則有預感：如果順利的話，到了涼風吹送的季節就有眉目了。

能夠這樣心情愉悅地幫人做嫁裳，大概是因爲素子有了情人的關係吧。

去年夏天可不是這個樣子。

幫特種行業的女人縫製長禮服時可以心平氣和，縫製新娘嫁裳時卻沒來由地想發脾氣。

「人家是嫁夫娶妻的大吉大喜，

俺只能在太陽底下抓抓虱子。」

這麼說來，素子這種一針一線密縫的手法，和當初鄉下的老人家唱著這首歌教沒見過虱子的她們如何抓虱子的動作一樣。素子對憶起這首歌的自己感到生氣，結果做了絕對不該做的事。

拿濕毛巾擦過腋下後，她試穿了剛縫好的新娘禮服。

沒想太多地穿上之後，鏡子裡浮現一張比實際年齡還要蒼老黯淡的臉。

即使事先已經確認沒有污漬、異味才來交貨，店裡的老闆娘卻還是一邊檢查一邊聞著衣服的腋下。雖然對方沒有說什麼，素子只覺得一陣屈辱，渾身發燙。

素子有著輕微的狐臭。

她放棄當美髮師的夢想，選擇了在家接案的裁縫工作就是這個緣故。

隔壁的電視開始播報七點新聞。素子工作告一段落，正放下針線準備起身做晚飯時，公寓管理員前來敲門。

伊豆那裡來電，通知她高齡七十的父親病倒了。

素子抱著塞了幾件換洗衣物的旅行袋，抄近路往鐵工廠後門跑去。

在大森到蒲田林立的大型工廠包圍下，這一帶是僅存的小工廠區。

乍看之下，這一帶像是荒涼的死城，但機油和鋼屑的焦臭味卻顯示出它的生命力。所謂的鋼屑，就是車床、銑床在切割或加工鋼材時產生的碎屑。

流經此區域注入羽田海的海老取川和呑川，可能是因爲漲潮，刺鼻的海潮味融合了垃圾的臭味，趁著黑暗直撲而來。

幽暗的水面如焦油般晃動，閃爍著稀疏的燈火。幾乎所有的小工廠都拉上了鐵門，露出微光和聲響的則應該還在加班，他們光接那些自動化的大工廠訂單和製作樣品，景氣也還過得去。

野口鐵工廠的燈火也還亮著，這家小工廠是住家改建的，只有老闆和一名員工。

數夫受雇在這裡當車床工。

他剛剛加完班，正拿著舊報紙擦拭油污的雙手，看見素子喘著氣跑過來，臉上露出困惑的表情。

「我爸爸已經上了年紀了，趁他還有一口氣在，我想讓你們見個面。」

數夫本來就是沉默寡言的人，面對突如其來的事情，驚訝之餘也只是沉默地將擦手的舊報紙換成破抹布。

「不行嗎？」

「也不是不行。」

「交往都還不到一個月，你也沒想到會被帶去跟我爸爸見面，所以現在一定很困擾吧？」

「也沒有啊。」

「直接這樣去就行了，拜託你。」

接下來只要看著高她一個頭的數夫眼睛，靜靜等待就成了。

自己的父親都已經快死了，她現在卻因用盡心機邀約男人而激動。

數夫正好三十歲，和年紀小他很多的妹妹住在一起。

遲緩的動作顯示出他的猶豫，數夫慢條斯理地換著衣服，但素子已經司空見慣。他不管做什麼事都不乾脆，對金錢和時間也沒有概念，甚至人生都過得馬馬虎虎的，動作緩慢反應遲頓，像牛吃草般工作，又像牛反芻般跟素子親熱。

大學聯考落榜後，他打算暫時找地方棲身，便跑去小工廠幫忙，卻一待就待到現在。他的未來也看不出有什麼希望。要是二十年前的父親，肯定會說這種男人有什麼好。

但現在的父親就不會說那種話。就算說了，素子也打算如此反駁：「喜歡一個人需要什麼理由？爸爸自己還不是一樣。」

父親勇造目前在伊豆偏僻的觀光區和女人同居。

「你可不要驚訝，對方是很年輕的女人。」素子事先告知數夫，和父親同居的多江應該是四十出頭吧。

十年前父親出門釣魚，認識了開行李寄物處的多江，結果竟拋妻別子來到了伊豆。

母親在世的時候，素子也很怨恨父親，以為自己一生都不會原諒他了，然而一聽到來送母親最後一程的父親有高血壓的毛病，這兩三年也開始會在新年裡跟他見面。

到達伊豆已經是深夜。

這個不受到觀光開發計畫青睞的車站，不見有旅館前來招攬客人，只有飛蟲繞著昏暗的燈光打轉。

勇造，不對，是多江的店，就位在離車站徒步有點距離的沿海舊街道上。

「釣竿出租。」

看見木板上一筆一畫慎重寫下的粗大筆跡，素子告訴身後的數夫：「這是我爸爸的字。」說著，素子突然想到萬一父親過世了，就要這個當遺物吧，但她旋即慌張地打消念頭，拍打掛著破舊窗簾的玻璃門。

「我是素子，東京的素子！」她聲音急切得連自己都有些驚訝。或許是因爲她在路上有著兩人第一次單獨旅行的喜悅，忽然間讓她覺得內疚吧。

但勇造卻跟今年過年看到時一樣健康地坐在被窩上看電視。

「爸爸，你坐著沒問題嗎？」

一看見素子進到屋裡，勇造便驚慌地轉開臉，這也是他慣有的舉動。

「那時還以爲不行了呢。」臉和身體，包括聲音都很圓潤的多江，偷偷地瞄著數夫，露出親切的笑容。

「究竟是怎麼了？」

「他以前的學生來店裡了。」

「學生？」

「就是來寄放行李的客人，一見面就喊他校長。」

「爸爸呢？」

「流了一身的汗，還問對方是幾年幾班的。說是學生，其實都已經是將近四十歲的中年人了。」

勇造一生都在教育界服務，最後做到了國中校長。退休之後，或許是爲了反抗過去嚴謹的人生，他做出驚人之舉，整個人生便就此脫序。

多江模仿勇造的聲音描述當時的情況。

「『你要好好幹呀，校長也會的。』還學天皇陛下跟人家這樣揮手，結果客人前腳一離開，他就……」多江說完還翻白眼，整個人往數夫身上倒去。

或許多江對於遲遲未被介紹、搞不清楚狀況的數夫感到同情吧。

「會不會只是頭暈而已啊？」素子問道。

多江回答：「事後想想也許是吧。可是站在我的立場，他可是妳們託給我的貴重物品呀，萬一出了什麼事……」說完，她又對數夫笑了笑。

「校長。」多江從以前就這麼稱呼勇造。「校長也該打聲招呼呀，這應該是素子的先生吧？」

「我們還不是那種關係。」

「那麼是來見校長的囉。快點呀，校長。」

雖然勇造的身體已經乾枯得彷彿喀擦一聲就會折斷，但腰背還是跟當校長時一樣直挺挺的。或許是難爲情吧，每次剛見面的第一個小時，他總是故意裝傻不理會他們。

素子正要介紹數夫時，又有人敲打玻璃門。

「有人在嗎？」是個聲音沙啞的女人。

等待已久的姊姊組子回來了。

「姊姊！」

推開正準備起身開門的多江，素子站了起來。

「沒趕上車，我是從熱海搭計程車來的。」

「車錢不少吧，從熱海來的話。」

「先別說這個，爸爸還好吧？」

聽素子說完勇造被寄物的客人大喊校長的故事後，組子直爽地大笑說：「活該！」然後對晚一步出來的多江點頭致意，客氣地表示：「我爸爸麻煩妳照顧了。」

她正要走進屋裡時，看見數夫便整個人僵住，低聲問道：「爲什麼數夫也在這裡?」

或許是沒聽到組子的低喃，多江輕鬆地介紹說：「這位是素子的先生……」說到一半又趕緊改口：「現在好像還不是啦。」

接著她輪流看著表情僵硬的組子和數夫，再看了看素子，不禁把話嚥下去。

「你們認識吧?應該見過吧?」

一瞬間，現場一陣沉默。

這個天花板低矮、只有六個榻榻米大的客廳，不知道是因爲含著海水濕氣的風吹不進來，還是堆滿忘了清理的雜物的關係，瀰漫著如莎臭般令人窒息的老人味道。

組子和身材嬌小、長相平凡的妹妹截然不同。

她身材高挑，風姿綽約。假如妹妹是規矩地跪著的楷書，那姊姊就是側著腿斜坐的行書或草書。雖然沒有特別化粧，組子仍顯得艷麗，大概是她十年來一直從事咖啡廳等服務業工作的關係吧。

組子看見妹妹的表情，立刻輕輕一笑。

「我認識的是這個人的哥哥。」她對多江說明。「我呀，十年前被這個人的哥哥甩了。」

素子看著數夫，不錯過他眼中閃過的任何陰影。說得更明白點，她之所以帶數夫回來，就是爲了看這一瞬間。

比起受到衝擊的組子，數夫的表情幾乎沒什麼變化。

「你哥哥還好吧？」組子故作開朗地說道，語氣中帶著尖刺。

「我們完全沒有碰面，應該還好吧。」

「你們是兄弟，這樣怎麼行呢？不過或許兄弟就是這麼回事吧，我們家也一樣。」組子轉向素子問道：「什麼時候開始交往的？」

「就在最近。」素子說，同時凝視著姊姊的眼睛深處。「妳很驚訝吧？」

「我幹嘛要驚訝呢？」

原本一臉好奇直盯著三人的勇造，忽然衝向前毆打數夫。

勇造以不像老人的敏捷動作，對著傻在那裡毫不抵抗的數夫揍了兩三拳，同時推開一旁吃驚地想要勸阻的三個女人大喊：「不要阻止我！這傢伙根本是個畜生！」

他喘著氣用力推開連番上前阻止的人，然後大罵道：「這傢伙毀了女人的一生，居然還有臉進我們家！」

組子插進來阻止：「爸爸，你弄錯了，這個人是他弟弟呀！」

「啊？」

「那是太一郎，是他哥哥啦。」

「我知道是哥哥啊。」

「是啊，你說的那個人是哥哥，數夫是他的弟弟，你幹嘛打人家弟弟？」

「啊？他不是那個說好要結婚，最後卻拋棄妳跟別的女人在一起……」

「那是他哥哥。爸爸，你弄錯了啦。」

看見勇造還想說些什麼，組子低聲說道：「以前的事不要再說了，每個人都有不想提的事吧。」

一聽到女兒說自己打錯人，害弟弟替哥哥挨打，勇造突然抱住自己的頭蹲在地上。

看著喊頭痛的勇造，妹妹的神情比姊姊更冷淡。

「爸爸會頭痛才怪，痛的人是數夫吧。」

這三個人像是有什麼奇妙的線把他們牽在一起，多江默默地凝視著他們，心中已有定見。

對素子而言，如果當時勇造沒有動手打人，她反而不知道現在他們三人該是什麼表情，又該如何面對彼此。

勇造和多江將唯一的一張蚊帳讓給三人，自己窩在隔壁四個半榻榻米大的房間裡。說是隔壁房間，整個屋子也就這兩個房間而已。

因爲沒有備用的枕頭，多江一邊動手用毛巾包住坐墊做出三個枕頭，一邊抱怨最近勇造迷上了電視和服教室。

「那節目根本就是另類的和式脫衣舞嘛。」

勇造似乎不想知道兩個女兒之間有什麼芥蒂，只悠哉地坐在廊沿邊搖扇子，如同深水潭般的眼睛望著天空發呆。

數夫最先鑽進蚊帳裡面，躺在最靠邊的位置。

組子在轉暗的光線中，換上跟多江借來的浴衣；素子則早她一步，直接穿著白色襯裙鑽進蚊帳，躺在數夫旁邊。

正在蚊帳外面纏著胭脂色腰帶的組子，手忽然停了一下，但很快地又傳來如蛇嘶嘶地爬過石牆般的腰帶磨擦聲。組子關掉電燈，拿著團扇鑽進蚊帳。三人並排躺著，感覺彼此的呼吸比平常急促許多。

「幹嘛把我們都叫來嘛，又沒什麼大不了的。」組子小聲地開口。

素子一邊看著蚊香的白煙從隔壁微開的紙門飄過來，一邊壓低聲音回答：

「也許是想讓我們看看她有多照顧爸爸吧。」

說完，黑暗中只剩下三個人的呼吸聲。

不管是海邊還是山上，都感覺不到一絲的風，讓人熱得直流汗。

素子開始口乾舌燥。

那是情緒和肉體開始高漲的前兆。

死去的母親曾經安慰她說沒有那麼明顯，但是那個味道……總是會在這時從腋下傳出來。

素子摸索著身旁數夫的手。

不知道姊姊還記不記得當年的事？

高三的夏天，也是跟今天一樣並肩躺在蚊帳裡聊天的那個晚上。

素子提到自己將來想當美髮師，高中畢業後想讀美髮學校。組子立刻反對說：「我想妳不適合。」

素子不服氣地反問爲什麼，組子只低語了一句：「不用說妳也知道吧。」

難道是因爲「那個」？

自己最不希望別人提起的毛病。

她的身體開始發熱。

組子似乎以爲妹妹沒有答話是因爲不知道原因。

「妳沒上過美容院所以不知道，不管是洗頭還是剪頭髮，客人的臉都剛好靠近美髮師的腋下。妳最好還是選擇其他工作吧。因爲我們是姊妹，我才告訴妳實話，妳可要心存感激。」

組子每次只要難以啓齒，就會故意用這種粗率的口吻刺傷對方，讓受傷的人不自覺就想反擊。

雖然是小孩子，素子也懂姊姊的用心；但如果手邊有刀子，她還是會拿起來往姊姊的胸口刺過去。

可是，姊姊，妳現在不必擔心了。

即使是現在，我身上也傳出那個味道。但還有一股更強烈的味道吧？

數夫的手指、脖子，甚至他的腋下……都散發著一股濃濃的機油味吧？是啊，他從頭到腳都是那個味道。操作車床、銑床的人，爲了怕工具掉落打傷腳，都要穿上又厚又堅固的安全靴，但機油的味道還是會滲進去，連腳趾間都是那個味道。

素子的腳糾纏著數夫的腳。

剛開始的時候，數夫曾冷不防地冒出一句：「我身上有味道吧？」

「上酒店的時候，酒店的女孩子曾這麼說過，她說她爸爸也是一樣的味道。我一坐下來，她就聞到了。」

聽見數夫低喃著難怪自己不受歡迎，我進行了一項報復。

我將沁著汗水的右腋貼在他臉上。

我觀察他的眼神、臉部表情和整個身體的情緒，他卻深深地吸了一口氣，深深地吸進我身上的那個味道。

如果我感覺到他有一點厭惡或一絲忍耐，便打算當場起身離去，再也不跟他見面。

可是姊姊……

數夫只是慢慢地吐氣，又深深地吸了一口氣。

他的表情就像小男孩頭一次聞到花香那樣。

眞想讓姊姊看看他那個表情。就在這麼想的瞬間，我的頸部忽然顫抖了一下，全身的血液都沸騰了，身體也癱軟了。

雖然意義不同，不過就像姊姊那晚說的，「不用說妳也知道吧」。

組子發出了睡著的鼻息。

姊姊根本沒睡。

只是因爲氣氛讓人難受，所以假裝睡著吧。

素子很想搖醒姊姊，問清楚那件事。

姊姊和數夫。

一個是拋棄她的男人的弟弟。

一個是哥哥不要的女人。

眞的只是如此嗎？素子覺得他們之間似乎牽扯著一條看不見的線，應該不是自己多慮吧？

「你又來了！」就在這時，她聽見了多江的聲音。

「要我說幾次，你才聽得懂啊！」黑暗中，多江很明顯地是在斥責。聲音從店裡傳過來。

睡衣前襟敞開的勇造打開客人寄放的旅行袋，將裡面的東西一一拿出來檢查，卻被多江逮個正著。

「我不是說過不可以把客人寄放的東西打開來看嗎？」

「我又沒有偷東西。」

「就算那樣也不行。咱們家就靠這個吃飯，萬一我們偷看客人東西的事傳出去，還有誰敢來寄放行李啊。」

「裡面要是有炸彈怎麼辦？」

「怎麼可能會有那種東西嘛。好了，校長，快去睡啦。」

經過一陣喉嚨卡著痰似的痛苦咳聲和鑽進被窩的窸窣聲後，終於又安靜下來。

父親擔任校長時是那樣地剛正不阿，討厭拐彎抹角。

曾經有家長在尾牙還是中元時送禮劵到家裡。因爲藏在點心盒裡，母親不疑有他地收下了，結果深夜才返家的父親知道後立刻高聲斥責，要母親拿去退還。素子還記得母親半夜換上和服出門的背影。

那樣的父親如今卻在窺探別人的行李。

根據多江的說法，父親似乎經常如此。

七十歲的父親究竟想窺探什麼呢？他想看到什麼呢？

組子用手肘碰了一下素子。

姊姊想說什麼？素子轉過頭去，卻看見組子紅著眼眶又哭又笑地看著她。

「姊……」素子不禁用小時候的聲音喊道。

她早已放開了數夫的手。

或許是換了枕頭的關係，素子做了惡夢睡得很不安穩，但一睜開眼睛夢境便消失了，只留下深深的疲倦。

夏夜所做的夢，爲什麼會那麼讓人疲累呢？

夢境中的夏季，也是同樣的夏天嗎？

素子摸索著身邊的數夫。

人不在。

她反射性地摸索另一邊的組子，組子輕輕發出一聲「嗯」，轉身又繼續睡。

數夫坐在露濕的廊沿邊，看著庭院抽著菸。

說是庭院，其實只是一個狹小的空地。

看來這裡不只是讓人寄放行李，也兼賣啤酒、清涼飲料。庭院裡堆放著蒙塵的飲料箱，遭受風吹雨淋後腐爛的草帽、還有可能是路邊隨手丟進來的果汁空瓶等。

牽牛花、紫蘇和如同病弱孩童的玉蜀黍等植物從滿地垃圾的夾縫中穿透而出，增添幾許色彩。

黑暗中，香菸的白煙飄動著。

素子變得十分安心。

她希望這是多年後數夫和自己的模樣。

妻子睡著了。

夜深人靜的黑暗中，丈夫一個人在枕邊的露台上抽著菸，妻子總是在恍惚中聞著丈夫的菸味悠然入夢。早晨醒來時，卻又忘得一乾二淨。

小時候夜裡醒來上廁所，好像有看過類似的光景，或許是自己記錯了也說不定。

不，那是眞的。

母親酣聲大作地在屋裡沉睡，父親一個人坐在廊沿吸著菸看著庭院。當時的父親還是一頭黑髮，臂膀的肌肉也很結實……對了，那應該是父親離家出走前不久的事吧。

如果眞是這樣，那麼獨自在半夜裡盯著黑夜抽菸的父親，心中在想些什麼呢？

是新的伊豆女友，多江嗎？

還是擔心即將被他拋棄的老婆和兩個女兒的未來呢？

若是能和數夫結爲夫婦，自己將來是否也會有著和父母相同的夜晚呢？

突然間，一個巨大的陰影擋住數夫。

是勇造。

勇造突然伸出手來，摸著數夫的頭。

「被打腫了呀。」說完又摸了一次。「我從前臂力就很強，比腕力什麼的，整個教職員室沒有人是我的對手。」

勇造伸出手邀約數夫。

滿溢淚水的眼眸，不知是哭還是笑地在黑暗中閃亮著。

「怎麼樣？」

「嗯，果然很強。」

「我就說嘛。」

兩人不時發出低吟比著腕力，這是一種彼此認同的儀式。素子輕輕推了一下組子，某種她們姊妹倆都很重視的東西，似乎獲得認同了。奇妙的是，唯有在這種時候，素子心中對姊姊的芥蒂才會隱藏起來消失蹤影。

隔壁房間裡傳來打鼾的聲音，是多江。

動不動就說自己是毀了校長人生的女人。

「我眞是罪孽深重呀。」她常常裝出神情凝重的樣子自責，但因爲身材肥短，儘管自以爲是史上少見的壞女人，看起來卻像是圓頭圓身的竹娃娃。

雖然不知道到底出了什麼問題才變成這種情況，但依靠著生性樂觀的年輕女人生活，在這空氣新鮮的地方，過著偶而翻看客人行李被責罵的日子，或許是父親一生中最幸福的歲月吧。

多江大聲地說著夢話。

組子的店終於要開張了，那是位在大馬路上的日式小酒館「麴」。

雖然只是五坪大的小店，開店前一天還是得熬夜準備。這家店是頂讓的，也就是說餐具食器等日常用品都是現成的，但光是要補齊碗盤等小東西，檢查瓷器店送來的東西有沒有瑕疵、撕掉價格的標籤、清洗完擺上櫥櫃，做起來就很費工夫。

「這讓我想起第一次開店時的事。」來幫忙的素子，對著正在整理酒店送貨清單的組子說。「那時姊姊忘了買算盤……」

「不止是算盤，還忘了更重要的事。」

「就是說啊。」

那已經是十年前的往事了。

當時，組子在蒲田的小巷裡開了一家店。她跟快倒了的榻榻米店便宜租下半邊店面賣咖啡和咖哩，可是開店後十分鐘、二十分鐘，始終沒有顧客上門。

儘管路過的行人常常探頭張望，就是沒有人推門進來。

組子抱著必死的決心開了這家店，父親離家後，母女三人的生活全寄望這家店的收入，因此她的臉色越見沉重。她明明花了一番功夫將店裡營造成客人容易進來的氣氛，究竟是什麼因素讓他們裹足不前呢？

不如以客人的角度，到外面看看問題出在哪裡吧。姊妹倆邊說邊走到門口，不禁驚叫一聲。也難怪客人不上門，寫著「準備中」的牌子正在風中搖晃著。

像這樣並肩坐著笑談回憶時，才感覺彼此真的是無法取代的親姊妹。

有人突然匆匆地開門進來，是八木澤。

他是這家店的老闆。

將受雇於錦系町某酒吧當媽媽桑的組子挖角過來的，就是這個男人。

「開幕那一天，校長會來嗎？」

八木澤在這附近開了一家小型電玩店和兩、三家小酒館，因爲事業做得太大，似乎一年到頭都忙著軋票期。他是勇造的學生，至今仍稱呼勇造爲校長。

「怎麼可能會來？他不會想看到自己的女兒幫男人倒酒吧。」

「那都是過去的事了。人呀，會隨著環境改變的。」

「有些會變，但也有些不會變呀。」

「說的也是，有些東西就像藏在內心深處不爲人知的珍珠一樣不會改變。」

八木澤從以前就喜歡著組子。

組子畢竟在這個行業待了十年，很懂得如何婉拒八木澤，保持若即若離的關係。

倒是素子很在意姊姊剛剛說的話。

對組子而言，不變的東西到底是什麼呢？

「素子，妳變漂亮了耶。」

「當然囉，人家現在是『準備中』嘛。」組子停下手，用眼睛搜尋著準備中的牌子，對八木澤笑道。「對方也是你認識的人哦。」

一聽到素子說出數夫的名字，八木澤喉嚨發出噎到的聲音，直盯著組子。

「媽媽桑……」他用沙啞的聲音說，眼睛眨了好幾下。

他顯得難以置信，又像在問組子這樣好嗎？妳贊成嗎？

八木澤也知道些什麼。雖然知道，卻什麼都不說。

他平常總是滿嘴胡說八道，遇到重要的事卻又像貝殼般緊閉著嘴巴。

一個女人的人生因此而飽受折磨，大家卻若無其事地假裝沒看見。

素子打算暫停裁縫的工作，到姊姊的店裡幫忙。總不能一天到晚盯著在工廠上班的數夫。

與其那樣，還不如留在姊姊身邊。如果他們之間有什麼，而且至今還藕斷絲連，那麼只要緊跟著其中一人就會明白了。

素子趕緊撕去標籤，將碟子底部洗乾淨。

「眞是不好意思呀，素子。開幕那天妳也能來店裡幫忙嗎？」她早已習慣八木澤這種說話方式。

就像「讓妳留在日本眞是可惜，要是到了國外，素子肯定大受歡迎」這句話一樣。如同起司的味道，有人喜歡得不得了，有人則十分厭惡。八木澤的意思是說，可以的話能否不要來店裡幫忙。

「不好意思呀，至少開幕那天我要以客人的身分出現。」素子如此回答，好讓八木澤安心。

從伊豆回來之後，數夫就沒有跟她連絡，或許是因爲姊姊在有些顧忌吧。總之，明天的開幕約數夫一起來吧。

可以的話，自己要跟數夫坐在一起讓姊姊給他們倒酒，如同喝交杯酒一樣。

「麴」開幕的晚上，天公不作美地下了雨。

或許是雨天懶得出門吧，店裡來客不多，除了被素子硬拖來的數夫和不知道該站在吧台內還是外面招呼客人的八木澤外，只有兩名中年男子一邊看著賽馬小報一邊陰沉地喝著酒。

八木澤今晚刻意穿上了白色上衣，雖然是便宜貨，但如果和這個男人單獨關在電梯裡，還是會變得呼吸困難，口裡湧出唾液，努力想不讓對方聽見而偷偷嚥下，卻又發出吞嚥的聲響。

或許他這種男人算是有魅力吧。

組子幾乎正眼都不看數夫一眼。她忙著幫客人倒啤酒，跟素子、八木澤聊天。數夫也只是摸摸假花、接二連三地抽著菸、然後附和素子的問話。

倒是八木澤很努力招呼，不時拿出打火機幫數夫點菸。

「對了，也請八木澤先生一起來吧。」素子鼓起勇氣說出口後，接下來就輕鬆多了。「我想請姊姊爲我們倒酒。」

「你們不用拜託，我也會倒呀。這是我的工作嘛。」

「跟工作沒有關係，而是特別……」

「特別？」

「因爲專程辦喜事也太麻煩了。」

「妳的意思是喝交杯酒？」

「可以的話，這樣就好。畢竟我有那種爸爸，你也不喜歡吧？」在姊姊面前，素子希望數夫能說些什麼。就算是「不會呀，我不覺得」之類岔開話題的隻字片語都好。

可是數夫卻冒出一句：「我很喜歡妳爸爸。」

組子默默地幫數夫倒酒，也幫素子倒酒。

八木澤一句話也沒說地點了一根新的菸。

這時店門猛然一開，衝進一名客人，是個勞工階級的年輕男子。

他已經喝得相當醉，大聲喘息地靠在門口的柱子上。

「歡迎光臨！」組子一邊碎冰一邊大聲招呼，接著發出驚訝的聲音說：「哎呀，您特別從錦系町那裡趕來看我呀？」

大概是沒有撐傘過來吧，男子從頭到肩膀都濕了。

組子拿著濕毛巾從吧台裡走出來。

「您居然能找到這裡啊……」她邊說邊準備用毛巾擦拭男子的肩膀。

男人低吟一聲便往組子身上撲去，表情突然變得扭曲。組子踉蹌了一下。

素子起先還以爲是組子踩到了男子的腳，男子退後兩、三步，撞到門之後轉身飛奔而去。他手上拿著發亮的東西，一時之間看不出是什麼。

組子彷彿覺得很可笑似地，在素子起身時，她突然笑了出來。

不對，是很像笑聲的哭聲。

「我好像被刺傷了。」

她的左肩滲出血，染紅了白色和服。那像是定格住的電影畫面，也像是一瞬間發生的事。

接下來只聽見呼喊聲和人來人往。

八木澤打電話叫救護車和報警，素子大喊「布！快拿布來！不然血要流出來了」，接著拿起布巾壓住傷口。

客人追著男子衝出店外。

只有數夫跟其他人不同，他像是中邪似地一動也不動，只是滿臉蒼白地呆站一旁看著組子的眼睛。要是有外人進來，肯定會以爲被刺的人是數夫。

「我連他叫什麼都不知道，他爲什麼要這麼做呢？我不懂……」組子對數夫如此低語。

男子直接跑到派出所自首。

據說他默默地衝進派出所，將菜刀放在正在寫日誌的年輕警官桌上，然後說了一句：「我要喝水。」

組子的傷勢要十天才會好。

由於傷到了粗血管，血流不止，自然嚇壞了周遭的人。但醫生說只要修養一個星期就能到店裡上班了。

從警局回來的八木澤激動地說：「眞是太過分了。那個男的叫菊本，聽說常去錦糸町那家店。他很喜歡媽媽桑，每次都坐在吧台要媽媽桑嫁給他。就媽媽桑而言，畢竟是做生意，儘管心裡討厭也不能明說，自然回答說好呀，我好高興什麼的，然後讓對方拉拉小手，每晚都這麼哄他。結果那男人似乎當眞了，媽媽桑突然換到這裡工作後，男人覺得自己的心意被踐踏，就……不過他沒有眞的要殺人。」

「太好了，幸好沒大礙。」

在醫院門口相遇的素子和八木澤一起搭電梯來到病房。

「不管怎麼說，姊妹就是姊妹。我一聽到姊姊沒什麼大礙，眼淚就嘩啦啦地流下來了。」

兩人出了電梯，爲了確定病房號碼前往正面的護理站。

「眞不可思議，那眼淚就像熱水一樣發燙呢。」

「畢竟血濃於水嘛。」

因爲所有護士都去夜間巡房了，護理站裡沒有半個人。

就在兩人準備走出護理站時，忽然聽到了組子的聲音。

「我被刺傷是應該的。」

無人的房間裡響著組子含混不清的說話聲。

「果然是舉頭三尺有神明，我這就叫報應。」

聲音是從病房裡的對講機傳出來的。

「這是十年前那件事的報應。」

隨後走進來的八木澤張大嘴巴地看著素子。

「不！絕對不是！如果有報應，也是報應在哥哥和我身上才對！」是數夫的聲音。

他激烈的語氣是素子從未聽過的。

八木澤伸出手打算按掉亮著紅燈表示通話中的對講機按鈕。

素子趕緊將他的手拉到自己胸口，用胸部包住他的手。

「是哥哥不該突然拋棄妳。」

「但也不能因爲這樣，我就和弟弟犯下那種錯誤呀。」

「妳沒有錯！」

「不，錯了。一夜情就是錯的。」

「我覺得很美好啊！」

素子渾身顫抖著。

「是我誘惑你的。」

「不，是我才對。」

她不想讓八木澤知道自己全身顫抖，卻又無論如何都想聽到最後。

「我一生都不會忘記那件事。」

「你必須忘了才行，否則素子就太可憐了。」

「我也覺得很對不起她。但就像是被火鉗子燙到一樣，燙傷的痕跡是永遠不會褪的。」

「我也一樣。那傷口比被這個還要痛呀。」

「妳不要說話了。」

「不，趁著只有我們兩人時讓我說。到此爲止吧，不然素子太可憐了。」

對講機裡傳來一陣沉默。

素子呼吸困難。

不管再怎麼令人難過都好，她希望兩人開口說話，沉默反而令人恐懼得坐立難安。

「你喜歡素子吧？」

「喜歡。」語氣不似剛才強烈，又回復到原來的數夫。

「前陣子，我們一起去八幡神社。我看著她在旁邊專心祈求的模樣，眼淚突然流了出來。那孩子在求些什麼呢？她那麼虔誠認眞，卻始終沒有好事發生。再這樣子下去，她實在是太可憐了。」

數夫接著好像想說什麼，對講機卻被關掉了。走進來的老護士職業性地切掉開關，一臉疑惑地看著站著的兩人。

素子走在通往病房的長廊上，雙腳不可思議地自己移動著。她邊走邊甩開心中的妄想，而打消不了的，就是剛剛聽到的事實。十年前，數夫和姊姊分享過一段幸福的時光。

「妳很驚訝吧。」八木澤說。

「一點也不。」素子回答。「我早就感覺到了。」

「既然如此，爲什麼要這麼做？就算只跟妳姊姊有過一次關係，那種男人就該避開呀。」

素子輕輕笑著，問八木澤有沒有滑過雪。

就像滑過滑雪場的斜坡，當靠近山谷那邊的腳施力時，只要身體一斜就會摔落山谷。

「明知道那裡很危險，身體偏偏就是一直往那裡歪過去。」

「越覺得應該避開這個人，卻越受到吸引嗎……」八木澤點點頭，「確實有這種事，可是……」

他停頓了一下又說：「像妳這樣是抓不住幸福的。」

素子以微笑取代回答。她怕自己哭出來，便用力地笑著。

「也許我不該這麼說，一直以來我都覺得妳姊姊才算美人，其實妳也不錯呀，眞的很美。」

八木澤的聲音首次有種令人感動的溫暖。

兩人在病房前佇立，深吸一口氣後才推門而入。

組子左手吊著，半坐在床上，數夫則是坐在稍微有些距離的靠窗椅子上。兩人的神情都很平靜。

素子故意用明朗的聲音喊道：「哎呀，數夫，原來你在這裡呀。」

八木澤也不服輸地大聲說：「抓到兇手了。」

素子將帶來的盥洗用具放在姊姊枕邊，不經意地聞到那個味道。

一到夏天就讓自己侷促不安的味道。一時之間，素子以爲那來自自己，但立刻知道不是。

那味道來自組子。

「姊姊，要不要我幫妳擰條毛巾？」素子半信半疑地低聲詢問。

「有味道嗎？」姊姊出聲笑著。「一興奮就會有味道，我們奶奶就有這個問題。這就是所謂的隔代遺傳吧？」

一走出醫院，立刻從夜色中傳來街頭的味道。

大工廠和小工廠都熄掉燈火。

車床和銑床也失去了白天的火熱，安靜地睡著了。儘管睡著了，卻還是有著跟白天一樣的味道。機器是否跟人一樣，睡著時也會打鼾呢？還是說白天的味道到了夜晚會更加濃郁呢？

素子、數夫和八木澤三人默默地走著。

八木澤在自動販賣機前停下腳步，買了三罐啤酒。

三人邊喝啤酒邊繼續走路。

「瞧你這死樣子我就生氣！」八木澤故意不看著數夫的臉。「喜歡就說喜歡嘛，爲什麼不說清楚呢？」

數夫含混地回答一句：「弄不清楚的事，怎麼說啊。」

一隻貓穿過三人眼前。

牠要去哪裡呢？是公的還是母的？看樣子似乎還很小。

貓消失在荒廢的員工宿舍裡。

「感情是看不見的。」

「看不見就弄不清楚了嗎？」

數夫不發一語地啜著啤酒的泡沫。

「不過，敢做的傢伙還是會做；即便弄不清楚，即便看不見。就因爲弄不清楚，又看不見，才更要做。你比不上那個男人，那個今晚刺傷媽媽桑的男人……」

在沒有人應聲的交談中，三人的腳步聽起來像在自問自答。

「雖然他胡搞一通，但是以男人來說，他比你強多了。」

對於沉默不語的數夫，八木澤似乎越來越生氣。

「你一句話都不會說嗎？我說那傢伙比你強呀。」然後他狠狠地大罵一句。

「你是男人中的廢物！」接著他用更大的聲音怒吼：「我也是男人中的廢物！」

他將手中的啤酒罐用力丟向荒廢的員工宿舍，然後舉起手，放軟聲音說：

「我們去跟校長問好，他才是最偉大的人。」說完便轉進了巷子裡。

素子覺得有些莫名其妙。

因爲姊姊交代不准通知家裡受傷的事，所以完全沒有跟伊豆聯絡。

如今年老的父親肯定是在海邊那棟破舊的小屋裡，跟年紀可以當他女兒的矮胖女人睡在一起吧。

半夜會悄悄起床，偷偷打開客人寄放的旅行袋，掏出裡面的東西檢查。

然後被年紀比他小的愛人責罵羞辱。

那就是老人的本性，他的第二春呀。

素子摸索著數夫的手。

他的手指又粗又大，和主人一樣沉默寡言，不知道想些什麼。但無庸置疑地，那是男人的手指。

她撫摸著手指時，感覺手指就像男人的身體。用力一握，對方也回握過來。

這時素子才恍然大悟。

第一次的時候，數夫說「我身上有油臭味吧」，於是素子捧著數夫的頭靠近自己的腋下。

數夫心中想的或許是組子。

他那安然的表情，或許是想起十年前和姊姊共享唯一一次的幸福時光。

大概是風停了的關係，臭水溝的味道越來越強烈。

「漲潮了吧。」

數夫總是該說的事不說。

或許他喜歡將重要的事藏在心靈和身體深處，然後隨遇而安地過日子。

「像妳這樣是抓不住幸福的。」素子彷彿聽見八木澤的聲音。

與其痛苦地待在還懷念著姊姊的心和身體的男人身邊，就算比不上河川，至少要流到大海生活在別的世界裡，才是人們所謂的幸福吧。

但素子相信數夫手指反握回來的力量，她希望在此多停留一下。雖然每天都很痛苦，但在痛苦之中，哭泣埋怨的人生更給人活著的感受。

這或許也是一種幸福吧。

假如數夫沒有放開手，就決定一起上數夫家。說不定他妹妹會擺著臭臉對待她，她還是會默默地進屋裡，希望能和數夫同床到天明。

# 核桃裡的房間

核桃裡的房間

婚禮順利結束了。

桃子忍不住想讚美自己一番，不過新娘不是桃子，而是她的同事理惠。她比桃子小一歲，是個二十九歲的新娘，桃子扮演的則是新娘好友的角色。雖然沒什麼好驕傲的，但這個角色她早已駕輕就熟，今天卻有些招架不住，因為坐在新娘位置的本來有可能是桃子自己。

「新郎關口先生是我們編輯部的第二把交椅，但在女孩子中卻是最受歡迎的。二流大學畢業，又是次子，不必承擔太多責任；加上不是美男子，也增加了我們女生的自信。新進女職員中，那種既年輕、又有好父母，還有房子有土地的叫做固定資產，對我們這種銷不出的貨色威脅很大。不是我自誇，我以為自己很有希望，眞的。那天加班回家，酒醉的關口先生在賓館前拉著我的手時，如果我沒有笑說『哇！你的力氣好大』而敷衍過去的話，今天穿著白紗，坐在新娘位置上的人……」

如果她這麼致詞，婚宴上會是什麼狀況呢？光是想像，桃子整個人身體就熱了起來。不過她只是在昨晚練習致詞之前，試著在腦子裡說說而已。

實際在婚宴上，桃子卻是以最理解新郎新娘的好友身分，假裝高興地說出自己利用去年底在超市抽中的三分鐘沙漏所練習的致詞，還贏得了些許掌聲。她滿臉笑容地致詞之際，卻弄假成眞，語尾甚至還感動得微微發顫。這就是桃子可笑的地方。

新娘的眼睛哭得紅腫。或許有些賓客會以爲那是新娘在三十大關前好不容易成功嫁出去，才會在喝交杯酒時流下高興的淚水。不過他們想太多了，其實是之前在化妝室起了一些騷動。

新娘的另一套禮服是租來的和服，假髮部分雖然請飯店的美容室幫忙處理，但化妝卻不假專家之手，由自己動手。這是出自桃子的建議，新娘理惠似乎有點不太服氣。

「化妝費不過才一千圓，一輩子只有一次，我願意花這個錢。」

「就是因爲一輩子只有一次，更應該自己來呀。要是讓別人化的話，肯定會化得連自己也認不出來。」

應該如何如何，是桃子的口頭禪。

「是這樣子嗎？」

「妳的臉妳自己最清楚吧？都看了三十年了，更不應該在最重要的一天交給別人打理。」

「才二十九年啦。」

「不管怎樣，難道妳希望變得跟結婚場地出租廣告裡那些千篇一律的新娘一樣嗎？要是我就絕對不要。」

每次幫忙別人時，就不知不覺自以爲是當事人，強行推銷自己的做法。這是桃子一貫的毛病。

爲了沒有女性親人的理惠，桃子一大早就起來隨侍在側。化妝室裡，理惠脖子上圍著白布，正劈哩趴啦往臉上撲粉。她突然尖叫一聲，一隻手像在跳民族舞蹈般擺動著。

「糟糕，我忘了啦！」

她忘了帶睫毛夾。

桃子笑著從自己皮包裡拿出夾子放到梳妝台。

「我就想可能會發生這種事，所以帶在身上了。果然派上用場了。」

理惠抬起塗得跟羊一樣的白臉看著桃子說：「眞的是太麻煩妳了。」

「別說了，趕快化妝吧。」

理惠半張著嘴，把臉貼近鏡子夾睫毛時又慘叫了一聲，這次的叫聲比剛剛還要悽慘。

她其中一邊的假睫毛完全掉了，直接黏在桃子借給她的睫毛夾上。用來夾睫毛的橡膠，由於長久沒用而腐蝕沾黏，理惠用力一夾之後竟整個黏在上面了。

「怎麼辦？這張臉叫我怎麼走出去呀！」

桃子拍了一下趴在梳妝台前哭泣的理惠背部說：「我是不會道歉的。與其花時間道歉，我寧可跑到地下商場去買假睫毛。」

理惠衝出化妝室時，心想要是男人的話，這時肯定會大喊一聲「活該」。果然舉頭三尺有神明，偷人家男人的傢伙得到報應了。

然而這樣的心情也只是一瞬間，接下來還是全力衝刺。

桃子頭一次發現原來假睫毛還有分左右的。桃子和理惠一向不注重化妝，根本不懂得如何裝假睫毛，結果還是得麻煩飯店的美容師。

「早跟我們說一聲就好了，我們這裡也有假睫毛呀。」對方還這麼說。最後桃子還是用紅包袋包了一千圓給人家。

她每次都是這樣。

為了別人，總是太過雞婆；過於熱心的結果，常常導致反效果，還被牽連得損失慘重。像現在光是假睫毛，她就代墊了一千八百圓。

「晚上不會有問題吧。」

「啊？」

「假睫毛會不會拿不下來啊？」

「用的是特殊膠水，應該沒問題吧。反正都已經是夫妻了，妳就乾脆老實說，說不定對將來也許更好。」

本來只要回一句「這種事自己想啦」就可以了，卻還是認真地替人家的洞房花燭夜傷腦筋。

桃子越想越覺得自己可笑，不過終於還是沒有讓任何人發現她真正的心情，順利地在東京車站歡送新郎新娘去渡蜜月了。

編輯部的同仁們接下來好像要去唱卡拉ＯＫ。

「我先告辭了，我還得去某個地方。」說這種話時的訣竅就是要壓低聲音，還得自然不做作。

「又要去鶯谷嗎？」

「參加完婚禮後，就想見情人了嗎？」

桃子不置可否，只曖昧地用眼睛笑著跟眾人告別，這一招也是最近才學會的。就這樣，桃子現在一個人坐在鶯谷站的月台上。

每當心情低落，像拉緊的線砰然斷掉時，桃子就會來鶯谷站的長椅上坐坐。她哪裡有什麼情人。

有的只是和年輕女人一起在距這裡走路約十分鐘的地方同居的父親而已。

桃子的父親在三年前離家出走。

他服務於一家中型的藥品公司，個性正直老實，家裡還有母親、弟弟及妹妹一共五人。雖然從未享受過奢侈的生活，也從來沒不自由過。

然而有一天，父親跟平常一樣出門上班後，就再也沒有回來了。他不是那種會熬夜打牌或無端外宿的人，母親擔心他發生意外，隔天打電話到公司詢問，才知道公司早在一個月前就破產了。

「妳爸爸是不肯示弱的人，就算宿醉還是會掩著嘴巴出門上班。所以公司破產了，他一定是難以啓齒吧。」

「都怪媽不好，動不動就開口要我們好好跟爸爸看齊，害得爸爸根本沒有後路可退。」

事到如今母女倆再怎麼爭吵，也無濟於事。

過了三個月，父親還是沒有任何消息，母親卻日漸消瘦。左思右想之後，桃子決定去找曾是父親部下的都築商量。

「考慮到我父親有可能會自殺，我們是不是應該向警方報案，請求協尋比較好呢？」

兩人坐在一間裝潢落伍的咖啡廳。

涼掉的咖啡上面結了一層薄膜。

年約四十的都築比父親小一輪，連續抽了幾根香菸後，他面有難色地低喃：

「其實三田村部長還活著。」

他說父親住在鶯谷雜亂後巷裡的公寓裡。

為什麼會住在那種地方？彷彿為了堵住桃子的這番質問，都築吐了一口煙低聲回答：「他不是一個人。」

都築的背後掛著一幅雷諾瓦的畫，是張廉價的複製品。敞露著豐滿酥胸的年輕女子，神情茫然地看著這裡。畫框有些扭曲了。

「對方年紀大約三十五、六歲吧，說是開店賣關東煮，我看店面也只比路邊攤好一點而已。她是那家店的老闆娘。」

雷諾瓦好像就是娶女佣爲妻的，畫中的模特兒是他的妻子嗎？桃子腦中浮現一個髮量漸稀的老畫家晚上溜進女佣房間的畫面。老畫家的臉跟父親一模一樣。

桃子要求都築帶她去那間公寓。

「我想妳還是別去吧。男人有時是很要面子的，三田村部長又比別人更好面子。最好先別把事情鬧開，慢慢等待時機比較聰明。」

「至少先讓我知道公寓的地址，我絕對不會進去的。」桃子退而求其次地說。「我父親有高血壓，萬一出了什麼事，至少臨死前還能見上一面呀。」

都築無可奈何地伸手拿起了帳單。

站在那個年代已久的木造公寓前時，天色已經暗了。玄關放著跟小學鞋櫃一般大的木頭鞋櫃，泥土地板上散置著小孩子的運動鞋和拖鞋。

好了，走吧。都築拍拍桃子的肩膀，桃子甩開他的手，準備往公寓旁邊僅容一人通過的空地走去，此時最邊間的玻璃窗打開了。

裡面伸出一隻男人的手，將掛在窗邊晾曬的胸罩和女用內褲收進去。

「爸爸！」

由於板子遮著看不見對方的臉，當時爲什會這麼喊，桃子自己也搞不清楚。

對方一把收進內衣褲，用力地關上了玻璃窗。

「開門！開門啊！」桃子用力敲著遮蔽視線的板子，大聲呼喊。都築拉著她勸道：「今天到此爲止，回家吧。」

桃子衝進都築的懷裡，磨著額頭等待呼吸恢復平靜。離去前她再次回過頭，玻璃窗內側已經拉上褪色的窗簾。

一旦有事發生，桃子就會變得更加逞強。她不是沒有感覺，但那晚過後情況越發變本加厲。她有種進入「戰鬥狀態」的眞實感。

在目黑站一下車，桃子先打電話回家。

接電話的是讀中學三年級的妹妹陽子。

「吃過晚飯沒？」

「本來想等姊回來的，但是大家都餓了，正打算先吃呢。」

「太好了。今天有一件好事，我請大家吃鰻魚飯，等我喲。」

「什麼好事啊？」

「吃飯時再說。」

自從父親不再出現在餐桌上後，菜色變得越來越簡單。家裡已經很久沒吃過鰻魚飯了。

「加薪了嗎？」

母親嘴裡說「我不要，太浪費了」，卻還是一口一口地扒進嘴裡。兩年沒考上大學的弟弟研太郎狼吞虎嚥地大口吃飯還不時噎著。妹妹故意開玩笑說：「怪怪的哦，我可不要大吃一頓之後全家集體自殺。」

此時，桃子故意用明朗的語氣宣布：「其實爸爸活得好好的。」

所有人都停下了筷子。

「等到他找到工作，應該就會回家吧。」

母親放下鰻魚便當問道：「他人在哪裡？」

「在城區。」

「城區哪裡？」

「爸爸不是一個人，」桃子大口吃飯，然後笑著說，「好像和女人住在一起。爸爸過去都是目不斜視，做事一板一眼嘛，大概公司倒了，才會嚇得誤入歧途。遇到挫折的時候，那些外遇過的人比較有抵抗力，爸爸在這一點上就缺乏免疫力了。」

說到這裡，桃子開始擔心沒有答腔的母親。

母親個性認眞，沒什麼喜好，省吃儉用，一生爲丈夫奉獻，努力教養子女，直到即將邁入更年期。就算沒有遇到這種事，平常也已經情緒不穩定，很愛怨東怨西。

「對方是賣關東煮的老闆娘，大概爸爸喜歡吃關東煮，才會給迷得暈頭轉向吧。」桃子邊開玩笑邊窺探著母親的鰻魚便當。

鰻魚是母親最愛吃的食物，如果吃得一乾二淨，之後就沒事了。至少表示她可以撐得過去。

「媽可能會很生氣，就當做是放爸爸的假，不要去找他，去了就表示認輸了。我們大家打起精神，一起等待吧。」

事後回想，桃子覺得自己那番話有些做作，但當時她是很認眞的。

「喝粗茶好嗎？」母親突然說話了，語氣跟平常一樣。

鰻魚便當已經見底。

「咦？鰻魚不是不能配粗茶嗎？」

「傻瓜，鰻魚跟酸梅才是相剋啦。」母親笑著解釋，猛然站起來衝往廚房。

桃子聽見嘔吐聲趕緊起身過去，母親趴在流理台前嗚咽著，剛吃進去的東西全吐了出來。

「何必在研太郎和陽子面前提這種事呢？」嘴裡拖著一絲口水，母親瞪著桃子埋怨。這時桃子才發覺母親原來是三白眼。

「對不起，我想他們遲早會知道的。」

她也知道這種事只要跟母親說就夠了，但這麼一來，氣氛可能會更陰鬱沉重，甚至母親一氣之下，搞不好會吵說「妳知道地址吧，馬上帶我去」，這樣反而更糟。從今以後，遇到不愉快的事，我們要說得更大聲，說得更好玩！不然就撐不下去了呀。桃子抱著這樣的想法拍著母親的背。

但母親卻揮開桃子的手，低聲說道：「我爲這個家拼命做牛做馬，妳爸爸到底還有什麼好不滿的？」

桃子很想回答就是妳太拚命了，才會出問題的呀。

「這個家裡沒有半個人懂幽默啊。」曾幾何時，父親在晚餐桌上這麼說過。

桃子當時聽了覺得很好笑，因爲說這話的父親就是既不懂幽默又無趣的人。

但是從廚房拿醬油過來的母親卻沒有聽漏這句話，一臉不高興地質問：「你是在說我嗎？」

「誰又說妳了。」

「不然是誰？」

「這有什麼好計較的嘛。」

「當然要計較，你給我說清楚！」

「眞囉唆！妳這就叫做沒有幽默感。」

從旁來看，這也算是一種幽默吧。桃子不禁覺得失意的父親不願意回到家裡的理由就在這裡。

母親是個行事完美的女人，喜歡整齊清潔，常自誇不管誰打開家裡哪個抽屜都不會丟人現眼；家計簿登記得一毫不差，日常生活絕不容許有一絲曖昧，總要弄得黑白分明才甘願。如果穿上和服，一定筆挺得連衣領都緊貼著。

桃子心想，和父親同居的關東煮老闆娘，就算不是咖啡廳那張雷諾瓦畫作裡的女人，應該也是個衣領敞開，打扮邋遢的人吧。

客廳裡的弟弟和妹妹神情不安地等待著。

母親再度發出令人心酸的嘔吐聲。桃子一邊拍著母親瘦骨嶙峋的背，一邊在心中放棄了許多事。再加把勁就能開花結果的戀情，身爲女性的愛美天性。就像結算時的帳簿一樣，這天她用紅線劃去了許多東西。

必須讓弟弟讀大學才行。因爲看到只有夜校畢業的父親吃過不少苦，家裡就算縮衣節食也要讓研太郎讀日間部的大學。還有陽子，也應該讓她無後顧之憂地讀完高中。

放心好了，有姊姊在。桃子故意搞笑地擺出猩猩的動作，用力拍打自己的胸膛。

幸福不會自己走來，

所以要邁步尋找。

在這之前，桃子根本沒注意過水前寺清子這個歌手，總覺得她穿的服裝、唱歌方式都很土氣。

可是他們家得馬上搬出公司宿舍，國宅也沒申請到，只好另外找便宜的公寓，還得申請印鑑證明……。在這種非常時期，聽德布希或井上陽水的音樂，總覺得沒有氣勢。

換上沒有跟的鞋子，抬頭挺胸走在路上時，桃子知道水前寺清子才是最適合的。

一天一步，三天三步，

前進三步後退兩步，

………………

就這樣過了三年。

有道是「獅子奮汎（勇往直前）」、「豬突猛進（埋頭苦幹）」。桃子每天輪流扮演著獅子和猛豬的角色。

在職場上，她絕口不提父親離家出走的事。

變得比以前更愛大笑。

看著愛笑又努力工作的桃子，編輯部的同事們私下謠傳著：「該不會是有什麼好事吧？」

遇到需要住宿的滑雪或海邊等旅遊，只有桃子總是不去。

「我剛好有事……」她露出耐人尋味的笑容不參加活動，之後卻又發送巧克力等禮物給大家，結果同事們間又謠傳：「三田村小姐一定有交往的對象。」談戀愛的女孩子不都會跟家裡謊稱員工旅行，然後跟男友兩人到別的地方滑雪或泡海水浴嗎？

然而，這只是桃子小小的虛榮心和自尊心。

穿著起毛球的舊毛衣時，只有高興地大笑才不會覺得自己悽慘；只要發現一點好笑的事，就想趁著能笑的時候趕快笑。她希望透過大笑來激勵自己。

故弄玄虛地笑著卻不肯參加旅行，是因爲她想省下費用。如果有時間玩樂，她寧可在家幫母親做家庭手工縫補裙邊。

其實已經是山窮水盡了。

再怎麼等，父親還是不回家。

每次下班回家看見公寓的窗子，桃子總覺得自己家顯得特別黯淡。站在家門前，她總要先深呼吸一口氣，才大喊一聲「我回來了！」走進屋裡。

為了愛吃甜食的母親，桃子常會提著便宜的蛋糕或帶一包糖炒栗子回去。既然無法帶好消息回家，只好帶著溫熱、香甜的食物回家。

因為嘴巴忙著吃東西，才能免去聽母親喋喋不休的叨唸。不知道是否因為桃子總是用食物封住她的嘴巴，母親變得很會吃東西。

她本來就吃得不算多，但現在常會唸著「好不甘心」而打開冰箱，然後大喊「就算妳爸不回來也無所謂了」，並在半夜喝掉一小瓶啤酒。

一年後，她抱怨腰帶最近變短了，其實哪裡是腰帶變短，而是她變胖了。

弟弟研太郎用耳塞堵住母親踩縫紉機的聲音，努力用功的結果考上了二流大學工學院。

除了物理化學之外，他是個生活白痴。有一次吃紅燒公魚時，他還吃驚地反問：「什麼？這是公魚呀？我還以為是隻小鷺鷥（註1）呢。」

「你又不是沒吃過。」

「我以為那是大隻的吻仔魚嘛。」

看他這副德行，跟他商量男女間的感情問題也是枉然。

雖然他從沒想過利用上課空檔打工賺錢，幫姊姊負擔家計，但至少不會參加學運、亂交女朋友或變壞。

妹妹陽子也不可靠。因爲才剛上高中所以沒辦法，但她除了靠不住，還需要人盯著。

說她先天不良是難聽了點，但她有些地方實在神經很大條。想要什麼東西時常常不知自我節制，小時候經常從雜貨店門口的冰櫃拿了兩、三根冰棒就走，害得母親得拿錢跟店家賠罪；甚至還曾經跟在賣金魚的攤販後面走，搞到家裡不得不報警處理，學校成績也是敬陪末座。

「不管誰娶她都行，只希望在她沒出錯前趕緊嫁出去。」這是父親和母親的口頭禪。

爲了成爲妹妹的典範，桃子必須活得品行端正。

桃子唯一能鬆口氣的時間，就是跟都築見面談論父親的事。

「鶯谷到底有什麼打算嘛？」

剛開始的第一年還稱呼爸爸，第二年改成了那個人，到了第三年便直接用鶯

---

註1：公魚的日文發音Kawasaki和若鷺一樣，若鷺有小鷺鷥的意思。

谷代替了。

「鶯谷呀……」

都築也不再稱呼三田村部長了。父親當了半年的無業遊民後，在外商製藥公司找到了工作，生活方面還算安定。一聽到桃子提起父親的話題，都築總是點燃一根菸。

「他大概是想家裡有桃太郎在，所以沒問題吧。」

父親常叫桃子是桃太郎，或許他曾希望桃子是男孩吧。

「有性格這麼古怪的桃太郎嗎？」

「有啊。妳不是帶著狗、猴子和雉雞，拼命努力到現在了嗎？」

「頭上還綁著白布條……」

「妳眞的很努力、很偉大。」

讓都築這麼一稱讚，桃子胸口像是喝了溫開水般熱哄哄的。

「妳也會有想拋開一切，好好喘口氣的時候吧？」

不是有種「一按即出」的熱水瓶嗎？都築就像是那種人。輕輕一句慰勞的話語，就能讓心頭湧現一陣溫馨。

都築一到月底就會打電話到編輯部來。

「今晚有空嗎?方便的話，我們討論那件事吧。」

電話中的邀約詞每次都一樣。

所謂的那件事，指的就是父親。其實眞正需要商量的只有第一年。

跟都築商量之後，桃子決定假裝不知道父親住在哪裡。剛開始第一年，母親無論如何都想知道父親的下落，曾經情緒激動地跑到都築的新職場追問。雖然理由和母親不同，但桃子也想單獨和父親兩人談談，拜託都築幫忙居中聯繫了好幾次，卻總是無功而返。

「我沒有臉見她。」「對不起，就當做我已經死了。」每次父親透過都築給的答覆都是這兩句。

既然害怕家人前來糾纏，那就換新的住處嘛，但父親卻始終住在鶯谷的公寓。因爲同居的女人所經營的關東煮店面就在附近。

那是父親離家出走半年後的事。

桃子抱著今天一定要當面跟父親談判的決心，瞞著都築偷偷跑到了鶯谷。

傍晚時分，她準備轉進車站前的大馬路時，恰巧遇見了父親。

父親正從一家小型超市提著菜籃走出來。

在當場呆立的桃子眼前，一身運動服的父親也嚇傻了。老舊焦黃的藤籃裡，露出了青蔥和衛生紙。

以前在家的時候，父親連一件內衣褲都沒自己買過。桃子立即衝上去，企圖奪下他手上的菜籃：「讓我拿吧。」

父親不肯交給她，一副眼淚快掉出來的樣子，板著一張臉，緊緊地抱住籃子甩開桃子，無視號誌燈已經變爲紅色，直接就穿越馬路。過馬路時，他腳上的一隻拖鞋掉了，他也沒有回過頭來撿。

那隻拖鞋是俗稱赫本鞋的洋紅色女鞋。

看著鞋子消失在第二輛還是第三輛車的車底後，桃子才死心離去。

桃子在鶯谷車站前打電話到都築的公司約他見面。那是她第一次，也是唯一一次主動去電邀約對方。

那天晚上，他們兩人第一次喝酒。

之前他們都是在咖啡廳喝咖啡。那晚之後，都築便開始請她吃晚餐和喝酒。不只是喝酒，在都築面前掉淚，也是從那天晚上開始。

「爸爸他沒有工作嗎？」

「說是在賣滅火器的公司上班，但好像是騙人的。」

言下之意，就是靠那個女人養吧。

桃子心想父親是不會回來了。被女兒看到自己那副德行，除非身體狀況不行了，否則他是不可能回家的。

「難道我做錯了嗎？」

「不是的，桃子總是做對的事。」

「可是……我總是越弄越糟。」

都築笑了，桃子也跟著笑了。笑時腦海裡浮現佝僂著背踩縫紉機的母親背影，不爭氣的眼淚就像太陽雨般滑落了。

似乎只要示過一次弱，一切就順理成章，之後再痛哭流淚也不以爲恥了。桃子甚至期待每個月的見面，正好可以流淚宣洩一番。

只要坐在都築面前，桃子的心情就會變得柔和，可以脫掉身上的武裝，放下死守碉堡的隊長角色，丟掉帶著狗、猴子和雉雞擊退惡鬼的桃太郎角色，變回那個沒用又嫁不出去的女人。

「點妳愛吃的菜吧。」

儘管薪水幾乎都要負擔家用，都築卻總是請桃子吃豐盛的美食。

「他好像過得還不錯，事到如今也只能靜觀其變了。」

桃子點點頭，所謂的「商量」便到此結束。

「上次提的那件事後來怎樣？那個搞什麼翻譯的男生不是約妳出去嗎？」

「那件事結束了。因爲我發現有人比我更適合他，就幫忙介紹了。剛好手上有球賽的票，就讓給了他們。」

「幹嘛呀，又居中牽線了？」

「這樣比較輕鬆嘛。我好像蠻有這方面的才能耶。只要是我認定的一對，就算半路上出點差錯，最後還是會成功。」

都築默默地幫桃子斟滿啤酒杯。

與其讓對方看光家裡情況，在最後因爲自己沉重的家累而悽慘地被拋棄，還不如一開始就放棄比較輕鬆。桃子這麼告訴自己，故作開朗之餘竟也習以爲常了。

「妳啊，就是因爲不上不下才要命。」

「什麼意思？」

「如果妳是絕世美人，就算再怎麼躲，或家裡有個殺人放火的老爸，也還是會有男人追著不放。」

「那倒是眞的。」

「如果是沒藥救的醜八怪，自然就懂得更加謙虛，在適當的時機把自己推銷出去。偏偏像桃子這種人滿街都是，最難解決了。」

說得一點也沒錯！桃子哈哈大笑。

都築也十分平凡無奇。

不管是外表、才能和金錢，都再普通不過。

「都築先生沒有綽號嗎？」

「沒有耶，從小就是這樣。」

「眞沒趣。」

「有綽號的反而是少數吧。不然妳看看人擠人的電車裡，那些抓著弔環晃來晃去的上班族有幾個像是有綽號呢？」

「聽你這麼說，我家的……」桃子本想說老爸，趕緊改口說：「家人好像也都沒有綽號。」

她一邊幫都築倒啤酒，順口問道：「都築先生的太太有綽號嗎？」

「她也沒有哪。」

沒有綽號的平凡妻子和兩個沒有綽號的平凡小孩。平凡的社區公寓。依都築三年來一點一滴透露的內容拼湊，大概就是這個樣子吧。

「只有桃子有綽號。」

「你是說桃太郎嗎？」

「感覺越來越來適合妳了。」

桃子自己也頗有同感。

「沒辦法呀。我現在在家吃飯，都坐在父親以前的位子上了。」

那不知道從什麼時候開始的，桃子已經不記得了。因爲不喜歡圓桌出現父親的缺口，家人調整位置後，桃子便很自然地坐到父親的大位。

盛飯的順序變得以桃子爲優先，家中大小事需要有人決定時，大家也都看著桃子。

聽到新聞播報颱風將至，她會命令母親：「記得更新手電筒裡的電池哦。」婚喪喜慶該包多少錢也由桃子決定。不止是對弟妹，她也開始對母親提出意見。

「整天哭喪著臉，不回來的人就是不會回來。要是有那種閒功夫，就去睡覺或做點事嘛。」

像這樣叫別人去幹什麼的話，是離家出走的父親的口頭禪。

弟弟研太郎考上大學時，桃子只請弟弟一個人吃晚飯。她原本打算帶弟弟到以前因爲公事去過的豪華西餐廳，自己點沙拉，讓弟弟叫一客大牛排，兩人舉杯慶祝，最後再去一家酒吧做結束。雖然沒錢請全家吃飯，但這種時候如果不代替父親做些什麼，總覺得弟弟太可憐了。

沒想到研太郎卻說不想吃牛排。

「我的胃不太舒服，我想吃漢堡。」而且說什麼也不退讓。

桃子心中正嘀咕「只是吃漢堡的話，幹嘛到這麼高級的店裡」時，菜已送上來了。

漢堡上面加了一顆荷包蛋。

突然間，她腦中浮現曾在百貨公司的餐廳裡看到的光景。一個年輕工人模樣的父親和國中生兒子一起吃漢堡。菜送上來時，父親用刀子將自己的荷包蛋蛋黃切成四方形，送到兒子的盤子裡。

「那就是父親該有的模樣。」

桃子也像那個父親將蛋黃切成四方形，送到研太郎的盤子裡。研太郎驚訝地看著姊姊，又為了不讓桃子看到他濕潤的雙眼趕緊低下頭，像那時的少年一樣默默吃著那兩顆蛋黃。

可能是姊代父職的關係，桃子開始在玄關中央亂脫鞋，連走路也變成了外八字。

被都築這麼一說，桃子不禁放聲大笑。

「我可沒聽過走路內八的桃太郎呢。」

「好噁心喲……」

因為笑得太開懷，兩人的肩膀碰在一起。或許是因為喝了酒，都築和桃子都沒有趕緊拉開身子。

那一晚，喝醉的都築難得地唱了首《桃太郎》。據說他祖母以前常唱，是小學課本裡的兒歌。

桃太郎、桃太郎，
你腰上的米丸子，
可否賞我吃一個。

都築輕拍桃子放在吧台上的手數拍子，然後唱起歌。

唱到「可否賞我吃一個」的段落時，兩人的手交疊了，都築久久沒有放開。

桃子悄悄地抽回手。

都築又唱起第二段。

給你呀給你，
我現在要去打鬼怪，
你也去的話就賞給你。

唱完後，又握住了桃子的手。

去呀我願去，
願跟你到天涯海角，

我願當你部下。

桃子感覺自己身體發燙了。

都築想要的米丸子，指的是我嗎？他一旦吃了米丸子，就願意成爲我的部下，跟隨我到天涯海角嗎？

每個月的見面，是否讓他將對過去上司女兒的同情轉變成其他情愫了呢？

這麼一想，只要是可能接到都築電話的日子裡，桃子就會換上剛洗好的內衣褲。

他們會不會以「商量父親的事」爲名掩飾彼此的心情，其實是在幽會呢？

這三年來，桃子親手摘去了所有可能發芽的戀情。假裝自己另有情人，從容地成就別人的美事，知情達理地將對自己示好的男人介紹給其他女孩。朋友間出了狀況，她也會趕緊出面當和事佬。她之所以能毫不氣餒地長此以往，有可能是因爲家裡的狀況，爲了母親和弟妹；也可能是因爲每個月一次可以心靈相通的都築。

都築閉上眼，更小聲地唱起最後一段。如果桃子像第一次衝去父親鶯谷的公寓時一樣衝進他懷裡磨蹭著額頭的話，他會怎麼樣呢？是會像當時一樣拍拍我的背，還是會約我到別的地方繼續溫存呢？

當了三年的桃太郎，她眞的累了。

她好想變回桃子的身分，躺在這個人的懷裡。

她腦海裡忽然間浮現公寓的平面圖。

一進門是八個榻榻米大的餐廳兼廚房，裡面是六個榻榻米大的夫妻臥室。浴室和廁所，二樓是兩間各四個半榻榻米大的兒童房。那是都築的家。放置鋼琴的位置、還有最近不太順暢的瓦斯桶位置，桃子都清楚得彷彿自己曾經去過一樣。

這個人有家室。

她眼前浮現了在家踩著縫紉機的母親的臉。想到她比誰都倚重的大女兒，居然千挑萬選地選上了一個有老婆的男人……

這樣豈不表示她認同了離家出走的父親，原諒了搶奪別人丈夫、別人父親的女人嗎？母親曾經怒火攻心，就在父親剛離家時，她發了瘋似地咬著瓦斯管不放，造成一陣騷動。

桃子抽回手，離開都築的身體。

還有一年，在研太郎大學畢業之前，自己還得努力下去才行。

重複唱著同個地方的都築似乎記起來了，又開始唱下一段。

進攻呀進攻，
集中火力突破防禦，
全力擊潰鬼怪島！
好玩呀好玩，
打得鬼怪全軍覆沒，
奪得金銀富貴寶，
萬歲萬萬歲！
同來的狗、猴和雉雞，
英勇推車凱旋歸！

桃子覺得那種好日子不會到來，但也不能只有桃太郎一個人逃走。

八幡宮神社的庭院十分幽靜。

那是星期日的下午。

雖說是歷史悠久的神社，但管理得並不完善。無人的神社辦公室，骯髒的窗玻璃上貼著一張呼籲信徒奉獻的告示。桃子陪著母親出門買東西，順便去交家庭手工成品，經過八幡宮神社時，她也跟著進去了。

母親將一百圓硬幣投進捐獻箱，用力拍手祈求。

她本來就生性節儉，自從父親離家，收入減少後就變得更加小氣。桃子本來以爲母親只捐了十圓香油錢，不禁十分驚訝。

母親祈禱了很長一段時間。

桃子雖然也雙手合十，心中卻納悶母親在祈禱些什麼。是祈禱父親的歸來呢？還是詛咒和父親同居的年輕女人呢？

有件事，桃子不是向神明懺悔，而是對母親感到抱歉。

她曾經瞞著母親和都築，一個人跑去偷看和父親同居那個女人的關東煮小店。不肯告訴母親地址，還對母親說絕對不能去，去了就代表輸了，結果自己還是忍不住想去看看那個攪亂父親和自己一家命運的女人長什麼樣子。

那是位在車站後面小巷裡的一家小店。桃子瞇著眼睛透過霧氣朦朧的玻璃朝內張望時，立刻聽到一聲豪邁的吆喝：「歡迎光臨！」

桃子有些意外。

那個人就站在櫃台內側，應該是那個女人沒錯，但她看起來與其說是老闆娘，反倒比較像清潔工。

蒼老的臉不施脂粉，看來就像搞笑藝人。她穿著褪色的襯衫，搭配樸素的開襟毛衣，隨意用一條領巾包住頭。

因爲桃子是單獨上門，對方顯得有些意外。

「不好意思，坐位都滿了。」

坐上七個人便客滿的櫃台，擠滿了勞工階級的男人。

就在桃子含糊地打著招呼準備關上門時，女人忽然驚叫一聲。

「沒關係，下次……」

她一臉嚴肅，扯下頭巾鞠了一個躬，恭敬得額頭幾乎都要碰到關東煮的熱鍋了。

那種鞠躬方式表示她知道桃子是誰。

她不像雷諾瓦畫中的女人，也不夠美艷性感，甚至不像是壞女人。桃子帶著被打了一拳般的奇妙感覺回到家裡。

那件事讓她對母親有些愧疚，因此想藉由都築彌補。

如果當時她沉淪了，會讓母親最難過。都築若無其事地回去了，但如果因爲那晚使他從此和自己疏遠，那也無可奈何。

爲了家裡，自己絕對不能走偏。一旦心情低落，就跟從前一樣坐在鶯谷車站的長椅上恢復平靜就行了。

對父親的憤怒和恨意，經過三年的歲月已大多淡去了，但仍然具有魔咒般的效果。

母親輕輕地拍了兩次掌。

發福的母親跟三年前相比彷彿變了一個人，肌膚也變得更豐潤了。她低頭時露出的頸項，在穿透樹葉投射的陽光下顯得十分有女人味。

曾經有段時間，桃子看著表情和舉止都充滿恨意的母親，不禁覺得面目可憎；但這大半年來，大家的心情似乎都放寬了。

「不如死了心在離婚申請書上蓋章，從此踏上不同的人生吧。」桃子看著母親的衣領，心想等她心情好時就這麼勸她吧。

不知道母親祈禱了什麼，但那一百圓香油錢完全沒有任何效果。

弟弟研太郎搬離家裡了。

他之前就嫌家裡的縫紉機太吵，說要到朋友家準備考試。本來以爲他的朋友都是男生，沒想到居然是女生；說是熬夜讀書，根本就是外宿。

「你難道就不能等到畢業之後嗎？」母親說。

「少了我一個吃飯不是更好嗎？」說完，他就帶著書本和換洗衣物離開了。

桃子氣得渾身發抖。她等在大學教室前面逮住弟弟，連拖帶拉地將他押到校門口的餐廳。

或許是時間不對，餐廳裡沒什麼客人。

對著來點餐的服務生，桃子說：「兩份漢堡，上面請加荷包蛋。」

然後和研太郎四目相對。

待會兒東西送上來就要推到他面前，意味著：「難道你忘了那天的情景嗎？」

她放棄了想買的衣服、放棄了愛情，肩負起父親的角色。這三年你是怎麼看待的？桃子很想如此大喊。

加了荷包蛋的漢堡送上來了。

裡。

研太郎拿起刀，像兩年半前桃子做的一樣，將蛋黃切成四方形移到她的盤子裡。

「這不是你還給我就能了斷的！」

研太郎默默地將漢堡切碎。

「我不需要你對我做的事感恩，也沒有要你將每個月的零用錢還給我。我的事就算了，我只覺得媽媽這樣太可憐了！」

「會嗎？」

「會嗎？難道你不覺得嗎？」

研太郎放下叉子，看著姊姊說：「與其有時間擔心別人，何不多關心一點自己呢？」

「你這句話是什麼意思？」

「其實大家都在過自己的日子。」

跟人約在涉谷忠犬像前見面的研太郎，看見母親也同樣站在忠犬像前等人時大吃一驚。更叫他吃驚的是，之後父親也出現了。父親一言不發地率先往道玄坂走去，母親落後兩三步地跟著一起走。

「我雖然覺得不應該，還是跟了上去。結果……」研太郎難以啓齒地低下頭去。

兩人一同走進了賓館。

「那是什麼時候的事？」

「大約半年前吧。」

一如氣球被針戳破一樣，桃子感覺自己的身體逐漸在洩氣。

桃子直接跑進美容院將長髮剪短。因爲捨不得這筆錢，她從三年前就不燙不剪，頭髮都過肩了。

如果不做些什麼，她的心情無法收拾。如果就這樣回家跟母親正面衝突，她不知道會說出什麼樣的話。

仰躺著讓人清洗頭髮時，她又升起一股怒氣。

說到半年前，桃子就想起來了。

母親就是從那時起開始注重打扮，常常藉口說做家庭手工認識的失婚朋友找她商量個人問題而外出。

原來她是和父親在外面幽會。比起父親在家的時候，母親變得更有女人味了。

這麼一來，母親豈不變成了情婦的角色？我這三年又算什麼呢？

一個女人自以為是父親，擺出隊長的架子發號施令……

桃子不禁可笑到想流淚。

封鎖住身為女人的真正心情，將身體心靈完全武裝的這三年。

剖開胡桃殼　果仁不在空房間　猛然殼中現

忘了自己是在哪裡讀到的，桃子記得有這麼一首俳句。大概是無名氏的作品吧，它牽動著桃子內心的某個角落。

明明比誰都愛撒嬌、愛嫉妒，卻又裝出一副跟那些無緣的模樣。隔著一層薄膜，其實隱藏著連自己都沒發覺的真實心情。事到如今才體會到，會不會已經太遲了？果仁會不會已不復存在了？包裹在薄膜裡，滑如凝脂的胡桃仁，其實是母親的頸項。

如果父親沒有離家出走，母親終其一生都會是瘦巴巴、渾身是刺的女人。變得豐腴肥胖，急著出門和父親幽會的母親，正用著全新的腳步踏進了還沒使用的房間。

美髮師的剪刀抵著桃子濡濕的頭髮。她狠下心來要對方剪到耳下。緊貼著頭皮的妹妹頭，跟童年時在圖畫書上看到的桃太郎一模一樣。

（「剖開胡桃殼　果仁不在空房間　猛然殼中現」的作者是鷹羽狩行。）

# 木屐

木屐

該說是一絲不茍還是急性子呢？柿崎浩一郎一天還沒有結束，就已經習慣在腦子裡開始寫當天的日記。就像這樣：

「×月×日　請喪假的大澤來上班了。家中有老人的家庭對喪葬事宜應事先預備，隨時整理好身邊事務。閒聊之後，被大澤叫到走廊。白包裡居然忘了裝現金。」

浩一郎在四谷車站附近一家美術出版社工作，員工不到五十人。舊大樓的一樓作爲營業用，二樓則是編輯辦公室。麻雀雖小五臟俱全，又是業界的老店，大方的經營方針讓他們擁有一群死忠的客戶。浩一郎是月刊美術雜誌的主編。

大澤是他大學的學弟，浩一郎畢業那年他才入學，所以應該是三十五、六歲。大澤的父親一個星期前過世了，直到今天他才來上班，就立刻忙著跟來家裡幫忙守靈、辦喪事的同事們道謝。

「這一次眞是丟臉丟到家了！」他開玩笑地用大嗓門說著。「早知道老爸死得這麼突然，就應該先把家裡整理好。可惜我太太一向邋遢，櫃子一打開不是棉被掉出來，就是塞著要洗的髒衣服，眞是丟人。」

女職員們似乎也有過這種情況，彼此互看竊笑不已。

浩一郎的父親也在七年前過世了。葬儀社的人爲了設置祭壇而將書箱搬開時，藏在書裡的「春宮畫」掉到榻榻米上。說是「春宮畫」，倒也算出自名家之手，格調並不低俗，只是那種東西讓小孩子們看見了總是不好。因爲有過那次冒冷汗的經驗，浩一郎多少對大澤的這番話感同身受。

「葬禮啊，就跟開城投降一樣，勝者要開哪個城門，戰敗者哪有資格說話。」總編輯黑須啣著煙斗加入談話。「所以那還算不上丟臉啦。」

接著黑須說了一個八卦，說是某家報社員工身上發生的事，不過跟葬禮無關。那個員工在公司忽然身體不舒服，同事就送他回家，結果在他家看到了不該看見的東西。他家裡從茶杯、盤子、湯匙都是員工餐廳的東西，就連拖鞋也是值班室裡的備品。

黑須的綽號叫做「美學意識」。

他是出版社老闆的長子，或許是年輕時曾立志當美術評論家，對於難看醜陋的事物有潔癖。黑須和員工們一起大笑，但「美學意識」的笑容比起其他人要顯得冷酷許多。

員工們收拾起笑容開始工作時，大澤用手臂推了浩一郎一下，用眼睛示意有話要說後，便率先往走廊走去。

由於編輯部沒有隔間，因此沒有比較隱密的地方；如果要說悄悄話，就只能到附近的咖啡廳或是走廊。

大澤站在走廊盡頭的男生廁所前面，面有難色地呑吐了好久，才說出浩一郎給的白包裡沒有放錢。

浩一郎馬上就想起來了。

他寫完白包上的悼詞，正準備放錢進去時，才發現沒有新的萬圓大鈔。

他大聲斥責妻子尙子，說家裡應該隨時都備有新鈔才對，在一旁聽到的七十高齡母親瀧江立刻解開腰帶說：「一張就夠了嗎？」，然後從中掏出一張新鈔。

「這種紅白包的花費也不能小看啊，還好咱們家的親戚不多。」

瀧江話才說完，就因爲心律不整的老毛病發作而蹲下去，還好一下子就停了。但在這場騷動之下，浩一郎竟忘了把重要的錢給放進去。

大澤覺得很不好意思，浩一郎更覺得不好意思。

「還好你有跟我說，不然就糗大了。」他尷尬地遞出皺皺的萬圓大鈔。

大澤舉起一隻手道謝。

「找一天摸一把吧。」大澤做出砌牌的動作。「我再約你，到時再請您把錢賺回去。」

「你幹嘛看著我的臉說啊。」

兩人互虧彼此企圖掩飾尷尬。

浩一郎的綽號是「麻將牌」，他有一張四方形的大臉。

「眞是慚愧，被討了一萬圓。」浩一郎來到走廊，就順便去洗手上廁所，腦中記下跟臉同樣四四方方的文字。

之後的一天就跟平常沒什麼兩樣。

只除了每次碰面大澤就露出愧疚的表情，叫人看了難過；總編輯「美學意識」還是在那裡拼命吹捧自己，年輕員工三宅則不斷逢迎拍馬，看了又令人生氣之外，一天就這樣到了尾聲。

今天剛好是截稿日。送總編輯去參加下個月號的座談會後，剩下來的編輯們訂了加班用的便當，準備好好加把勁。

「來了來了。」女職員們起身去泡茶。

卡啦卡啦的木屐聲爬上樓梯來到走廊，新陽軒送外賣來了。也許因爲房子是鋼筋水泥打造的，聲音響徹整個辦公室。既然要外送，穿上目前正流行的球鞋不是更好走路嗎？不知是因爲餐廳廚房潮濕，還是太以自己的職業爲傲，就是有人會趿著那高高的木屐到處跑。

那個最近常出現的新陽軒外送小弟，是個身材矮胖的小夥子，個性與其說是內向，不如說是陰沉。印象中他每次的「謝謝」和「久等了」都像是含在嘴巴裡面說一樣。

他分送完餃子、炒飯後也不立刻閃人，不是偷瞄版面設計的稿樣，就是邊留意自己油污的雙手邊翻閱色稿，磨蹭著不走。

新陽軒的外觀不怎麼樣，卻是間很熱門的店。想來是因爲一回去立刻就有外賣等著他送，所以既然出來了就順便摸個魚。浩一郎認爲這小子年紀雖輕卻不怎麼老實，只不過那晚也容不得他偷懶，好像是送錯東西了，三宅要他拿回去換。

過去總編輯出門參加座談會時，總是三宅陪他吃晚飯；但是從上個月起，這份差事讓新來的女職員給取代了。看來他是拿外送的小弟出氣。

新陽軒就在離這裡兩條街的巷子裡。看這外送小弟的頭髮、肩膀都濕了，雨大概是傍晚才下的。

「不過是一頓飯而已，吃什麼不都一樣？糖醋排骨變成了什錦炒麵，難道就會死人嗎？」

浩一郎有些不太高興地出來圓場，並拿自己的便當跟他交換，三宅也就不再多說話了。

新陽軒小弟對浩一郎點頭致謝後離開了，之後木屐聲又轉了回來。他站在正要扳開免洗筷的浩一郎後面說：「不好意思，可以麻煩一下嗎？」

意思是要浩一郎出來走廊。

新陽軒小弟站在男生廁所前。

走在流行尖端的建築其實老得比女人還快。浩一郎剛進出版社時，這幢曾經在建築雜誌拉頁上被報導的鋼筋水泥大樓，如今滿佈灰色污漬，一到雨天就散發出濕抹布的味道。

話又說回來，同一天裡被人叫到相同的地方兩次，還眞是奇妙。浩一郎以爲對方是要道謝，走上前時發現新陽軒小弟呼吸急促，不禁感覺有些不太對勁。

別在意！好好幹！浩一郎正想拍拍對方肩膀安慰一聲時，新陽軒小弟嗚咽似地說：「閣下的……閣下的父親，名字是叫柿崎浩太郎嗎？」

「沒錯。你認識我父親嗎？」

新陽軒小弟的呼吸越來越急促了。

「我是他兒子。」他張著嘴，一副不知是哭還是笑的表情抬頭看著浩一郎。即便穿著有屐齒的木屐，他還是比浩一郎矮。

那天晚上，他在附近的小酒館聽對方訴說身世直到深夜。聽到新陽軒小弟說他年方二十，名叫松浦浩司時，浩一郎有種頭上被打了一拳的感覺。

原以爲個性古板耿直的父親，居然在外面有女人，還生下私生子；原以爲自己是獨生子，卻跑出一個弟弟。浩司雖然沒有正式被父親認領，但和浩一郎一樣，父親也用了名字裡的浩字替他命名。

浩司的母親年輕時在上野一家小吃店幫忙，和當時任職於半民營土木相關組織的父親，似乎就在這時相識。

浩司一出生就被送給遠房親戚當養子，對父親完全沒有印象。他的母親在他國中時病故，當時浩司曾背著書包到病房探望，母親在他的國語課本扉頁上寫下「柿崎浩太郎」，接著在旁邊寫下「浩一郎」，說是他的哥哥。浩一郎跟你不一樣，他很會讀書，在四谷的一家出版社上班……說到這裡，護士走進來請浩司出去。之後，母親就再也無法說話，不久便過世了。

「找工作時，我還是在四谷附近找，看來我還是很在意那件事吧。」

「還是」似乎是浩司的口頭禪。

一聽到是出版社，他就會主動搶著外送，卻從來沒想過會眞的找到。一聽到浩一郎的姓時，他緊張得都快窒息了。

「考慮到閣下的立場……我一直忍著不敢說，但還是受不了。」浩司低聲說道。

原來如此，所以他才會每次來外送都遲遲不肯回去嗎？

「咱們果然長得很像。」

這一點浩一郎也注意到了。

浩司也是一張四四方方的大臉。

「俺（註1）的綽號叫木屐。」

「我是麻將牌。」

兩人頭一次相視而笑。

也許是想太多了，感覺彼此的笑聲也很相似。

「眞要說的話，閣下的膚色比較白啦。」

「對了！我以前也被叫過木屐，我國中的綽號就是木屐。」

對話中斷了。

浩一郎想起了死去父親的輪廓，不知道他的綽號是什麼？在一旁默默玩著啤酒杯的浩司是否也在想著同樣的事呢？

「木屐啊……」浩司抬頭看向浩一郎。「果然還是得兩隻才叫一雙。」

浩一郎聽了大笑，心想這玩笑還眞是沉重。浩司不說我是你弟弟，你是我哥哥，而用兩人是一雙木屐來比喻。

浩一郎一邊幫浩司倒啤酒，一邊開口問他薪水有多少。他問話的同時，抽出浩司露在牛仔褲後面口袋的皮夾。浩一郎對自己的舉動十分驚訝。

算來他是個循規蹈矩的人，就連對自己的老婆尙子或母親也從來沒有如此做過。果然這還是兄弟之間才會有的動作吧。

皮夾裡果然沒什麼錢，但總不能就這樣還給他，浩一郎塞了一萬圓鈔票進去。浩司默默地看著這一切，頭低垂得像是折斷了一樣。

隔天是星期日。

因爲也是截稿完第二天，浩一郎整天在家窩著，也比平常更加安靜不說話。

下午的點心，尙子切了小玉西瓜。

她將西瓜呈放射線切成六等份，浩一郎和老婆尙子、兩個小孩和母親共五人，一人抓了一片來啃。看到盤子裡還剩下一片，尙子說：「每次都剩下一片。因爲是五人家庭，連切個西瓜也變得好難哦。」

浩一郎不禁心頭一酸。

他很想告訴大家，有個人雖然不是家人，卻也有資格吃這剩下的紅色西瓜。「新陽軒外送的青年，其實是同父異母的弟弟，驚天動地。暫時先給了他一

---

註1：日文中的「俺」比「我」還要白話，用在更私下的關係間自稱。

萬圓零用。」

照理說昨天的日記應該這麼寫，當然浩一郎沒有這麼做。從昨天起他的日記就是一片空白，他很清楚最眞實的事情往往無法下筆。

「過幾天我會再跟你聯絡。」在站前的紅綠燈口，浩一郎正要揮手和浩司道別時，他結巴地問道：「俺可以……叫你大哥嗎？」

一時之間，浩一郎不知如何回答。

他只輕輕地沉吟了一聲，浩司察覺到他的心思，便自我解嘲地說：「可能還是太早了吧。」

浩司露出比實際年齡蒼老的神情，向雨剛停的黑色人行道跑去。

「等等！」浩一郎叫住他。「你吃了不少苦吧？」

如果能抱著他的肩膀說「有問題就來找我吧」，不知道浩司會有多感激呢，而浩一郎自己也會感到心安。雖然心中明白，他卻說不出口。

除了尷尬，浩一郎也感到很難爲情。

他也不忍心將這件事告訴母親瀧江。

母親嘴巴雖然囉唆，倒不曾因爲女人的問題吃過苦。她每天都像唸經一樣自豪地告訴周遭人，沒有女人比她更幸福。若是被告知二十年前去世的丈夫背叛她，會不引起心臟病發作才怪。

這一點浩一郎向浩司說明過，也取得了他的諒解。

「畢竟事出突然，也還沒做好心理準備。」

浩一郎說，今後他還是會跟新陽軒叫外送，不過兩人有血緣關係的事暫時還是別讓別人知道，可以嗎？

望著浩司的時候，浩一郎除了感到懷念和憐憫之外，也感到厭惡。和自己一樣的方頭大臉。

或許是因爲浩司從小在別人家輾轉流浪，學會了察言觀色。

他稱呼浩一郎「閣下」和不斷重複「還是、還是」的口頭禪，加上他在中華料理店做外送，這些都是總編輯「美學意識」最瞧不起的。萬一被發現自己和那種人是兄弟，浩一郎絕對也會被看扁——「美學意識」就是這種人。

儘管平常怨言很多，但是在這工作了十七年的職場，他絕不想變成笑柄或被看輕。

另外還有一點。

或許是因爲浩一郎把他當自己人的關係，不過浩司在用字遣詞及態度上的轉變之快，讓浩一郎有些吃不消。

一開始浩司還自稱「我」，過了一晚，分手時竟變成了「俺」；之後恐怕「閣下」也會變成「大哥」。

接下來呢……

光想到未來，他就覺得頭腦變得沉重。

一聽到「新陽軒」這三個字，浩一郎便坐立不安。

即使不用加班，女同事因爲下雨懶得出門時，也會叫外送。每次來公司，浩司都是一副「久等了」的態度。爬上樓梯的木屐聲，不知道是否是心理作用，聽起來似乎充滿了自信。

他畏縮的態度改善了很多，開始會直呼編輯部同事的名字，有時晚上會提著外送盒，站在辦公桌旁慢慢地看完晚報才回去。

由於浩一郎對於沒有將他介紹給大家有些內疚，因此很難開口要他稍微收斂一點。

那天浩一郎在車站前突然遇到了浩司。

當時旁邊停著一輛銀色的捐血車，浩司突然對浩一郎說：「俺也來捐個血吧。」

接著又小聲地加上一句：「不如兩個人一起吧？」

老實說，浩一郎一點都不想。

要他和浩司一起並排躺在床上，讓針筒刺在手臂上，吸取兩百ＣＣ的血。兩人的血液在玻璃容器中融合，再輸入陌生人的體內。

不管自己是否想得太多，總之對浩一郎而言，他覺得很痛苦。畢竟又不是眞的兄弟情深。

「既然閣下不要，那俺也做罷吧。」浩司也放棄了。

這次也是在分手之後，浩一郎才想到浩司是爲了證明他們彼此的血緣才不惜這麼做，不禁爲他感到可憐。

「孩子的爸，你在裡面幹什麼呀？」老婆尚子大聲問道，但浩一郎卻不知該如何回答。

星期天早上，他催著其他家人出門後，便獨自走進倉庫翻箱倒櫃。因爲浩司要求浩一郎找件父親的貼身物品給他作紀念。

彷彿在懲罰他從不幫忙做家事一樣，浩一郎根本找不到父親的東西收在哪裡。

堆積如山、滿是灰塵的收納盒上貼著母親瀧江手寫的「丈夫的褐色西裝一套」。

他心想終於找到了，便不顧手髒解開繩子、掀開盒蓋，卻只看到從前用舊的湯婆子、冰袋、浴巾等雜物，完全沒有用處。

就在他手忙腳亂之際，卻被尙子逮個正著。

他猛然想起一個理由搪塞，說自己在找很久以前用過的釣魚器具；但尙子似乎感覺不太對勁，懷疑地直盯著他的眼睛說：「現在是孩子們最重要的時期，你可不要給我搞什麼花樣呀。」

搞花樣的人不是我，而是死去的老爸呀。浩一郎不能這麼說，只能站在塵土飛揚的倉庫裡不知如何是好。

浩司工作的餐廳包吃包住。

新陽軒有七名男性員工，其中四人睡在宿舍裡。說是宿舍，其實不過是在附近便宜租來的一棟破舊的兩層樓房，裡面只有徒具形式的廚房和兩個房間而已。

兩個房間各六個榻榻米大，分別住兩個人。

因爲浩司要求浩一郎去看看他住的地方，浩一郎便去瞄了一眼。只覺得都是男生的房間十分煞風景，既雜亂又帶著異樣的猥褻。

床邊直到天花板，貼滿了歌星海報和裸女圖。

枕邊有吃到一半的零食袋，床上掛著的圓形曬衣架吊著許多條紋、花色各異的內褲。

這種圓形曬衣架似乎很受到這間宿舍住客的喜愛，每個房間都掛著兩個。

一到假日，滿屋子五顏六色，加上四個大男生拚命放大音量地聽著音響。

浩司到底要讓浩一郎看的是他長期以來的孤獨還是貧困呢？不管是什麼，接下來浩一郎馬上又要面臨和浩司情人見面的命運。

浩司的情人叫做君子，是他常光顧的零食店店員。

她年紀輕輕，卻畫了一臉歐巴桑的妝，皮膚也像歐巴桑般憔悴。長相雖然不差，就是嘴巴不好看，可能是因爲暴牙的厲害，牙齒上沾著口紅。

看來是浩司一頭熱，女生似乎不怎麼把他看在眼裡。

浩司要君子喊浩一郎叫大哥。

浩一郎感覺遠遠地有什麼無形的東西爬過來；等到發現時，他的腳已經被纏住，整個人陷溺在水中。

他想，該畫清界線才行了，偏偏話到嘴邊又說不出口。來外送的浩司站在浩一郎身後翻著色票，一邊使了眼色要他到外面一下，自己就先出去了。

卡啦卡啦的木屐聲，完全無視浩一郎的意願。

浩一郎假裝要上洗手間來到走廊後，浩司已經站在當初詢問他父親名字的位置上等著。

站在斑駁的灰色水泥牆前，被方頭大臉這麼一盯著，浩一郎就很難拒絕。等到他意識到時，才發現已經答應對方了。

父親的七年忌快到了。

他甚至還脫口說出柿崎家的祖墳在多摩墓場。

那一天是星期日，他們約早上七點在小今井車站碰面。

浩一郎藉口說要招待客戶打高爾夫球，除了這個時間以外，無法陪浩司一起去掃墓。

浩司已經先到了。

他難得穿上一身黑西裝，手上抱著狹長的箱子。

在前往多摩墓場的途中，有一所正在準備運動會的小學。

小學讀哪裡？

跑步跑得快嗎？

有沒有受過傷？

運動會的時候，都是誰來幫你加油的呢？

還是別問的好，越問就越陷入泥淖。浩一郎心裡明白，可是一起走在墓場的林間小路上，他還是忍不住問了。

因爲「柿崎家歷代之墓」設在明治時期的開國元勳墓旁，所以顯得有些小巧。

浩司打開了帶來的一公升裝清酒灑在墓碑上，想來是聽他過世的母親提過父親愛喝酒吧。

浩一郎感覺有些不安。

因為兩個小時後，他還得帶著母親、老婆和小孩再來掃一次墓。到時候聞到墓碑飄著酒臭味豈不麻煩！

還好天氣不錯，酒精應該揮發得很快吧。就算聞到了，只要裝傻說「可能是其他朋友來過」就能打發過去了。

浩司突然將手上的酒瓶遞給浩一郎，裡面還剩下三公分高的清酒。

浩一郎以為浩司是要他將清酒灑在墓碑上，但浩司用手掌抹了一下瓶口後說：「閣下先喝。」

看來他是要在父親的墓前對飲。

感覺像是在演戲，又感覺有些做作，還帶著點難為情，但是初秋的微涼空氣令人身心舒暢。

聽著悠閒的鳥囀，浩一郎忽然覺得自己根本不用為了這點小事顧忌這麼多。

「還是閣下先喝吧。」浩司又說了一次。

浩一郎一把搶下酒瓶說：「我一直都想跟你說，拜託你不要再喊我『閣下』了。」

說完他喝了一口酒，將酒瓶遞給浩司。

浩司小聲地喊了一聲：「大哥。」

「還有，也不要再說『還是』了。」

浩司用力點頭，將剩下的酒一口氣喝光。

浩一郎和浩司在小今井車站分開。

他連忙趕回家，坐上老婆尚子開的車，再度來到多摩墓場。

早晨還在準備階段的小學運動會，此時已可聽見擴音機傳來進行曲和鳴砲聲，相當熱鬧。

浩一郎攙扶著近來腳力已經不行的瀧江穿梭在墓碑之間。

他很擔心的酒味，已經被風吹得差不多了，剩餘的甜味則吸引了七、八隻大蒼蠅繞著墓碑飛，感覺有些奇怪。

他想起父親討厭蚊蟲，經常在晚上小酌時叫別人拿蒼蠅拍幫他打蟲子。如果不能一揮中的，他就會很不高興；就算一揮中的了，要是蚊繩沒有維持原狀落地，他還是會破口大罵，因爲他不喜歡看見被打得血肉模糊的蚊蟲屍體。

「不要看不就得了？叫別人做自己不愛做的事還這麼囉嗦，你爸這種人就叫自私。」瀧江常在背後如此說父親的壞話。

尙子負責插花，浩一郎拿出打火機準備點燃瀧江帶來的香。

就跟往常一樣，他們一家五口並排站在墳前。瀧江推了一下浩一郎的手臂說：「那是誰呀？該不會是我們認識的人吧？」

是浩司。

站在不遠處看著這裡的人，確實就是剛剛才在小今井車站分手的浩司。

「不是吧，大概是在等人。」他若無其事地回答母親後雙手合十，身體卻因憤怒而微微顫抖。

對於明明已經看穿自己說要招待客戶打高爾夫球這件事是謊言，還看準自己會跟家人再一起來掃墓而等著的浩司，浩一郎感到十分憤怒。

他也對一向以爲個性耿直，背地卻讓外面的女人生下小孩，最後還拋棄那對母子的父親感到氣憤。

甚至盲目堅信只有父親絕不會對不起自己，凡事一廂情願的年老母親，他也感到憤恨難消。

世間並非所有事物都是美好的。

老爸畢竟也是男人呀。站在那裡的是我的弟弟呀。浩一郎很想這麼說。

他還想對站在那裡隨便祭拜的兒子、女兒說，你們以爲是靠誰，才可以這麼爲所欲爲的？你們看看站在那裡的傢伙！浩一郎看到兒子的下巴和浩司一樣四四方方，不禁又怒火中燒。

「這附近的空氣眞好。」

他也想對站在那裡伸懶腰的老婆說，妳難道沒發現這陣子自己的老公很奇怪嗎？上次大澤家的喪事忘了包一萬圓奠儀，雖然妳馬上道歉了，但現在發生了更嚴重的事呀！

或許是上了年紀的關係，一生起氣來就沒完沒了。但浩一郎最氣的還是獨自背負著同父異母的「弟弟」這個重擔，因而手忙腳亂的自己。浩一郎舉起手揮開在臉旁發出惱人嗡聲的大蒼蠅群。

隔壁座位的大澤喊道：「柿崎先生，電話。」

遞出話筒時還用嘴唇做出「女人」的口型。

那是在掃墓之後兩、三天。

「我是柿崎。」報上姓名後，對方深呼吸一口氣後說：「是大哥嗎？」

遲緩的女人聲音，叫得還眞親熱。

是浩司的情人君子，說是有事要商量。

浩一郎在中午休息時間和她約在小酒館。

她說在中央線新大久保車站旁邊，有一間立食麵店（註2）的店面要頂讓，如果大哥能幫忙出資金，他們兩人打算開家小店賣中華拉麵和餃子。

意思是說，如果能開店，她就願意嫁給浩司。

浩一郎感覺又是一股滾燙湧上胸口。

他不知道浩司是怎麼告訴她的，自己不過只是在中小型出版社工作的上班族而已，光是爲了付房貸就已經很夠苦了，哪有能力提供資金，也壓根沒有這種想法。

由於彼此多少算是有點緣分，所以也不能不聽聽妳的商量，但是自己的生活還是要靠自己想辦法。等到浩一郎回過神來，才發現自己的語氣十分激動。

君子用沾著口紅的前齒吸著吸管。

大澤在不遠的位子看著這裡。在第三者的眼中，不知道如何解讀我們的關係？直到君子離去後，浩一郎才意識到這一點。

浩一郎很清楚自己心裡在鬧彆扭。

聽到女同事加班準備訂新陽軒的外送時，浩一郎便發牢騷：「怎麼一點變化都沒有，難道沒有別的花樣嗎？」

其實他是不想見到浩司的臉。

大約過了一個星期吧。

浩司來了，他來編輯室發送餐廳漲價的新菜單，也放了一份在浩一郎的桌子上說：「敬請惠顧。」

說完，他推了一下浩一郎的背。大概是在走廊等候的暗號吧。

註2：沒有座位，站著吃的麵店。

浩一郎心裡明白，卻不肯行動。

大約過了五分鐘，熟悉的卡啦卡啦聲響起，浩司走了進來。

「咦？新陽軒的小弟，你忘了什麼東西嗎？」浩司沒有回應女同事的問話，直接站在浩一郎的身後喊道：「大哥。」

聲音很小卻聽得很清楚。

坐在隔壁改稿子的大澤不知道是否聽見了，浩一郎嚇出一身冷汗。

他趕緊跟在浩司後面來到走廊。

或許是連續幾天的天氣陰沉沉的，灰色水泥牆的走廊上瀰漫著酸腐的抹布臭味。

「你不守約定讓我很困擾！」浩一郎開門見山地直說。「你該不會以爲只有自己是受害者吧？換個立場來看，我媽媽和我不也都是受害者嗎？」

浩司抬起含淚的眼睛瞪著浩一郎。

洗手間的門「啪」地一聲開了，總編輯黑須甩著手上的水走出來。這動作跟他的綽號「美學意識」形象有些不合。

「究竟是怎麼回事？」

聽到總編輯這麼問，緊張的人反倒是浩一郎。

萬一被說是在走廊上弄哭了外送的小弟，那有多難聽！

「不好意思，那就麻煩你了。」浩一郎也不知道自己在說些什麼，總之目前只能把場面給混過去了。

不久之後，浩司又送來了一碗叉燒麵。

他面無表情地用力將麵碗從浩一郎背後放到桌上，連湯汁都濺到了稿紙上。不管怎麼看，也知道他是故意的。

這陣子所累積的不滿，在浩一郎心中爆發了。給你一點顏色，你就開起染坊，放肆起來了！看我不好好揍你一頓！才舉起手，浩一郎便忍住了。

該不會是浩司想被他打吧？

要是今天揍了他，恐怕我這一生都得照顧這傢伙了。浩一郎好不容易按捺住脾氣，浩司嘴裡嘟囔著不知所以的道歉，又卡啦卡啦地踩著木屐回去了。

「你是不是有什麼事瞞著我？」聽到老婆尚子鄭重其事地質問，浩一郎心頭一驚。

他正準備從實招來時，才發現老婆懷疑的不是浩司的事，而是浩一郎的女性關係。換句話說，老婆以爲他有了外遇。

這半年來，只要一有空他都在應付浩司。星期假日疏於陪伴家人，大澤這些編輯部同事的麻將邀約，也都因爲擔心會洩露浩司的存在而不敢去；甚至在想心事時，都可能不自覺地發出了莫名的嘆息。

「這就叫做隔代遺傳吧。咱們家的爺爺就守不住，他爸爸倒是很正直……尙子，妳可要注意點呀。」

不知者無罪，母親一副事不關己的輕鬆模樣。她愛怎麼想就怎麼想吧。

反正時間再長，她也說不了三、五十年。只要在她有生之年，別讓她知道浩司的事，她就能抱著還算可以的幸福人生踏上冥途吧。

想到這裡，浩一郎發現自己在內心深處竟然在期待母親的死去。

她得在浩司的事情鬧開之前過世才行——沒想到自己親生的孩子反而是最殘酷的。

浩一郎的出版社突然在某一天倒了，甚至有人說是總編輯「美學意識」搞垮的。

倒楣事接連發生的編輯部擠滿了債權人和第二工會（註3）的人，浩司也來了。他像平常一樣把浩一郎叫到了走廊，遞出一個信封。

信封上面寫著很醜的字「餞別」，裡面包了一萬圓。

浩一郎做出感謝的手勢說：「我收下了。」

「新的工作地點找到後……我會打電話到新陽軒。」

浩司點點頭，然後輕輕驚叫一聲：「啊！我們指甲的形狀一樣。」

聽他這麼一說，浩一郎才發現自己和浩司的指甲都是四方形的。

之後過了兩個月。

在身邊總覺得礙眼的浩司的方臉、更襯得身材矮小的長齒木屐、不怎麼醒目的外觀、看起來畏縮但其實很強勢的個性；還有他那像是逐漸漲潮的海水，無聲地一步步往上爬的尺蠖蟲一樣的生存方式，一旦相隔兩地，竟也開始令人懷念。

註3：有別於企業內已經成立的工會，是之後才組成的新工會。

浩一郎感覺到浩司是他無法取代的親弟弟，他眼前浮現出浩司那沾滿油漬的方形指甲。

新的一年開始時，浩一郎總算找到了新的工作，是一家位在外神田一棟小樓房裡的設計公司。

儘管他認爲應該打個電話通知新陽軒，但不必掛念浩司的日子實在愜意，還是過一陣子再通知他吧。

暮色將至，才剛進公司就要忙著加班。雖然浩一郎年紀不小了，但在這裡還算是新人，加班時的消夜是由這裡的資深女同事負責張羅。

浩一郎正在完稿時，走廊上傳來了卡啦卡啦的木屐聲。好像是外送的人來了。這年頭難得還有人穿著木屐，一想到這裡，他心頭不禁一驚。

難不成是那個傢伙？

說不定他跑去正在處理善後的前出版社打聽，問到了浩一郎新的工作地點——就像從前只憑著四谷這個地名，就找到了親生哥哥。

沒什麼好擔心的，穿木屐外送的人又不是只有他一個。卡啦卡啦。

門馬上就要開了。

# 春天來了

春天來了

咖啡的黑色是否能讓女人變得虛榮呢？還是因爲這間銀色鋼管和玻璃結構的明亮咖啡廳的關係呢？直子發現她開始過度膨脹自己說的話。

「我父親是從事宣傳方面的工作。」

「那是在廣告公司服務嗎？」

坐在對面的風見隆一用他修長的手指從CABIN抽出一根洋菸啣在嘴上。

「是跟大學時代的好友一起經營的。」

「所以是高級主管囉？」

直子沒有直接回答，而是拔出一根咖啡廳的紙火柴幫對方點火。因爲不太常做這種動作，差一點就燒到自己的手指。

「好燙！」

她來不及丟進菸灰缸裡，眼見火柴的餘燼掉進風見的水杯，發出了滋的一聲。

「眞是不好意思。」

看直子舉起手請服務生過來替換，風見對她笑了笑，接著默默地拿起直子用過的水杯喝了一口。

直子知道自己整個臉都紅了。

雖然兩人才第五次單獨出來喝茶，但彼此已經是可以稱爲是情侶的關係了。

「沒錯，他是在廣告公司工作。」

一看到風見意外的眼神，直子已經沒有退路了。

直子的父親的確是在廣告公司服務。當年他失業無所事事時，被夜校同學收留，在地方的小印刷廠接訂單糊口，主要是幫超市等撰寫夾報廣告的文案和排版。

「老闆賠錢哭，跳樓大拍賣！」

直子早上出門上班前，還瞄到類似的文案草稿。

這裡的牆壁是整片鏡子，映照著直子和風見的身影。

風見二十六歲，是那種在早晨巔峰時間，從地下鐵大手町站裡湧到地面、抱著印有公司名稱牛皮紙袋的典型年輕上班族。

他長得不算帥，感覺也不是很幹練；不過教養很好，和直子相較之下，竟有點像是姊弟。

就算直子再自戀，也自知比不上。

她的長相平凡無奇，再怎麼用化妝和華服掩飾也增添不了美色。參加婚宴時，事後常有人驚訝「什麼？那次妳也有去嗎？」甚至還被上司說過，即便在路上遇見，也只會記得她是常披著藍色工作罩衫的女孩。缺乏風采的直子就像是影子般的存在。她曾經有過兩三次的單戀經驗，不知不覺便到了二十七歲的年紀。就在直子對婚姻已經死心之際，卻認識了客戶之一的風見。

過度包裝個人的身世，事後必將自食其果。明知道結婚之後，一切都將露出破綻，但直子也無所謂。她珍惜的是眼前這一瞬間。

父親的興趣是唱民謠小曲，直子小時候也學過，只是因爲每次上課都會笑場，父親才死心不讓她繼續受罪。不過她還能唱一點就是了。她還故意秀了「橋弁慶」裡的一小段：「本人乃住在西塔旁的武藏坊弁慶是也。」

一旦撒了謊，就越滾越大。

她的母親和父親同年，都是五十三歲，學過茶道和插花。大概因爲這個緣故，至今仍十分講究禮節派頭。她一向不屑喝麥茶，常常皺著眉頭說：「與其喝那種東西，還不如用冷水泡淡一點的綠茶。」

「眞是太棒了！」風見越來越驚嘆。

直子編說十八歲的妹妹最喜歡寫詩，還曾經投稿專業雜誌獲得第一名的五萬圓獎金。

「妳們家是公寓嗎？」

因為風見提起，直子便回答是有庭院的獨棟建築。風見的嘆息更加真切了。

「那家裡有鋪榻榻米的和式房間囉？」

「有呀。」

「現在這種時代，這可說是最棒的奢侈了。」

風見說，也許是因為他住在單身宿舍裡，光是聽到有榻榻米、廊沿，就讓他整個人麻掉了。

「小時候暑假會回鄉下，我總是坐在廊沿邊晃著雙腳邊吃西瓜，還跟親戚小孩比賽吐西瓜子。」

躺在榻榻米上睡午覺時，因為將腳跨在牆壁上很舒服，所以常常這麼做。結果在牆上留下了黑色的小腳印而被家裡斥責。

「庭院裡應該有種樹吧？」

「沒有種樹怎麼能算是庭院呢。」

有松樹、楓樹和八角金盤。廁所旁邊還種了南天。

「南天呀。」風見閉起眼睛想像。「俺已經好久都沒看過南天樹了。」

都從我改稱自己爲「俺」了，直子高興得耳垂都發熱了。

「妳的生活眞的好享受。」然後風見又問。「是自己的房子嗎？」

直子以一副「那還用說」的態度輕輕點了點頭說：「不過坪數不是很大就是了。」

她當然不敢說那是塊三十坪不到的租借地，因爲和地主有糾紛，正鬧著要不要搬離。雖然心頭出現一陣小小的刺痛，但此刻醉意超越了一切。

鏡子裡面除了直子和風見，還照出其他幾對的情侶。他們之中又有多少人說著眞話呢？

坐在這間脫離生活感、白色閃亮的咖啡廳裡，情侶們僞裝自己地交談著，做著短暫的美夢。

「我們去吃法國菜吧？」

也許是心理作用，直子覺得風見說話的語氣變溫柔了。

他大概以爲自己是廣告公司高級主管的女兒，擁有深諳茶道和插花的母親，住在有庭院的豪宅吧。

直子輕輕地點頭。爲了忘記內心的苛責，只有沉溺在這醉意之中。走出咖啡廳時，她很自然地挽著風見的手，整個人甜蜜得幾乎要融化了。這是她有生以來第一次有這種感覺。

風見叫住計程車。

就算不是去法國菜的小館，而是去其他地方，自己現在也願意吧，直子心想。看見風見很有禮貌地讓自己先上車，直子趕緊回答：「我穿窄裙，你先上車吧。」

說完，她才發現自己也改口稱風見先生爲你了，不禁覺得脖子後面熱了起來。

直子有些做作地先將臀部坐進去，正準備將穿著高跟鞋的雙腳併攏收入車內時，性急的司機已經關上車門。直子尖叫了一聲，左腳踝一陣刺痛。

風見無論如何都堅持要送直子回家。

左腳踝除了劇痛和紅腫外，並無大礙。到附近的醫院檢查過後，說是骨頭沒有異狀，兩、三天後就會消腫。

直子雖然表示自己一個人能回家，但是風見自覺有責任，硬是一起坐進了計程車。

霓虹燈初亮的街景像撲克牌一樣在車窗外飛馳著。

泡湯的不止是法國美食。她有生以來第一次品嚐到的愛情，才經過一個月便即將宣告終止。直子垂頭喪氣地靠在椅背上，茫然地望著窗外。

剛上小學的時候，她曾經看到桔梗花苞微微發出聲音地綻放，當時她直覺這世界果然是有上帝的存在。但今晚的上帝太無情了，見不得直子的虛榮，立刻就給了她一個懲罰。

現在能做的，就是不要讓計程車停在家門口。只要編個理由，讓司機停在巷口，不讓對方看見自己家的樣子，多少還能延長做夢的時間。

然而直子的期待還是落空了。

風見表示走路對腳傷不好，因此跟司機說「沒關係，你就直接開進去」，讓車子停在直子家門口。

直子有種第一次眺望自己家的感覺。在昏暗的街燈下，沒有整理的樹籬恣意亂長；徒具形式的大門裡面，是一間破舊的小樓房。

玄關屋頂上掛著一件暗褐色、像海帶一樣的破布，好像是父親的內衣。從二樓的曬衣竿上掉下來後，就一直在那裡任憑風吹雨打。

「那我就在這裡告辭了。」直子話才說完，只見玄關的門開了，母親須江拿著盥洗用具走了出來。

看見直子腳踝纏著繃帶，扶著風見肩膀，須江問道：「妳怎麼了？」

從她浴衣材質的寬鬆洋裝下襬中，露出了裡面的襯裙，她腳上還穿著父親的男襪和拖鞋。

萬事休矣！

事到如今，中途退縮只會顯得更悽慘。乾脆就讓風見看光家裡的醜態，像是痛揍自己的頭似地完全忘記這一段戀情吧。

「要不要進來坐一下？」她試圖擠出開朗的語氣，但語尾聽起來有些顫抖。

雖然嘴裡沒說，但風見顯然十分驚訝。

他們家樓下是六個榻榻米、四個半榻榻米和三個榻榻米的隔間；二樓則是兩間四個半榻榻米和三個榻榻米的房間。雖然確實是鋪榻榻米的和式房間，但因爲支架不穩，加上這些年來沒換過榻榻米，一走上去便發出刺耳的響聲。遮雨板也很難推開，最後一片根本拿不下來。

聊備一格的庭院固然種有松樹、楓樹和八角金盤，但只有人的高度，枝葉稀疏，沒什麼風情可言。風見只要來廁所一看就能明瞭，所謂的南天其實是隔壁庭院的樹。

「家裡是有浴室啦。只是瓷磚脫落之後，這些年來都是上澡堂洗澡。」母親須江一邊將盥洗用具放在鞋櫃上一邊說明，聽起來有點此地無銀三百兩的味道。但也沒什麼好計較的了。

看見昏暗燈光下的這一家子，大部分的男人都會心生厭惡吧。

「我們直子承蒙你照顧了。」

父親周次點著他那顆跟芋頭一樣的禿頂向風見致意，並伸了一下懶腰。寒酸的模樣就和掛在玄關屋頂那件破內衣不相上下。女兒的男朋友來家裡，難道也不知道該披上一件襯衫什麼的嗎？個性是還不錯，就是不愛說話。打完招呼後，就陰沉地不吭一聲了。

母親送出來的茶，大概是便宜貨的關係吧，顏色比公司的粗茶還濃濁難看。茶杯也是毫無品味可言。父親工作還算順利的時候，母親的確也學過茶道、插花；但是看看現在擺飾櫃裡堆滿雜物箱卻不見一朵鮮花的生活，被指責是說謊吹牛，直子也難以辯駁了。

最令人感到丟臉的是妹妹順子，她現在是高中三年級的學生。風見或許是出於禮貌吧，提起了投稿詩獲獎的話題。

「獎金五萬圓都用在哪裡了呢？」

順子抬起灰如老鼠的臉，翻著白眼看向風見。

「我沒有拿到五萬呀。」僵硬的聲音，一點也不可愛。「獎金是一萬圓。討厭，聽起來好像我偷藏了其他錢似的。」

外賣的壽司送來了。

訂的是附近最便宜的「松壽司」的一般套餐。鮪魚可能是還來不及解凍，放進嘴裡就像是咬著有腥味的冰沙一樣。等到這一切都結束後，直子看著離去的風見背影，大聲地向他告別：「再見！」

風見默默地點點頭，一言不發地關上玄關的門。做得不好的拉門很難一次就關上，還是母親須江走下地板，用力「啪達」一聲才闔上。

過了一個星期，風見沒有任何聯絡。

儘管直子早已斷念了，但內心似乎仍多少有些期待。她故意在星期五晚上留下來加班。因爲以往總是在星期五晚上約會。

等到八點，電話終究沒有響起。上樓梯還好，下樓梯時腳還有點疼，只好一邊護著左腳一邊慢慢走回家。打開大門抬頭一看，像海帶般掛著的破內衣依然健在。直子突然怒火中燒。

「邋遢也該有個限度！不要老是害我丟臉。」

母親須江也不甘示弱地反駁：「要帶人回家，早點說不就好了嗎？我又不是整天在外面遊手好閒！」

須江的工作是分送乳酸飲料，早上得騎著自行車到處跑。大概是因爲在外面奔波的關係，沒有光澤的頭髮像蓬亂的稻草一樣，皮膚也曬得粗糙乾燥。

「這樣子就跟拿乳液塗在樹幹上一樣，沒用了啦。」

因爲完全懶得保養，夫妻倆坐在一起時，若只是看脖子、指甲等部位，旁人可能都會以爲須江才是男人。她腳上還是跟那天一樣套著周次穿舊的襪子，只不過今天的花色是彩色條紋。

「至少有客人在的時候，把那個脫掉不行嗎？」

「我的腳會冷嘰嘰。」

大概是更年期的關係，須江常說腳會冰冷。

「冷嘰嘰是哪國的話呀？」

「妳媽總不可能說英語吧！」

不想再講道理了，直子只想找個人發洩難過的情緒。

「妳在找我麻煩吧？」

「我嗎？」

「我要是結了婚，妳會很困擾吧？」

聽到直子暗諷每個月將一半薪水交給家裡的事，須江趕緊先發制人地說：

「誰會困擾啊？妳不用客氣，趕快去嫁人吧！」

身為母親，卻直接戳中女兒的痛處。看來須江變粗的不止是皮膚而已。

「有誰會要我？看到父母那副德行，人家早就逃跑了。」

「放心好了，父母不會永遠都活著。問題應該是本人有沒有魅力吧。」

直子一把抓住矮几上的茶杯。

如果能用力丟出去，她的心情應該多少能獲得紓解；不過父親周次在一旁假裝咳嗽轉移了直子的注意力。

「妳媽也不是喜歡才那麼做的。」

接下來的話不用說，直子都知道了。還不就是如果妳老爸爭氣點，每個月有固定收入，咱們家也能像樣點吧……

話說到這裡，周次肯定會拿出棋盤，開始一個人下圍棋。

周次是個沒有事業運的男人。

神武景氣（註1）和高度經濟成長都從他的身邊溜過去。曾經有一陣子，家裡也有閒錢讓須江學茶道、插花，周次自己也學唱民謠小曲；但就像俗話說的風水輪流轉，如今家裡收入多半是靠須江的工作。

周次越是畏縮，須江就變得更加粗魯，連帶地家中也就越來越凌亂。

周次輕輕地放下一顆棋子。

「爸爸！」這一次輪到老爸遭殃。「好歹放下棋子時，可以有點氣勢吧。」

直子正準備接著說「我最討厭你這樣」時，玄關傳來聲音。

「請問有人在嗎?」是風見的聲音。「因爲我之後去北海道出差……」關心過直子腳傷的情況後，風見遞出一個大型方盒。

「馬鈴薯口味的，不喜歡嗎?」

直子想回答說「最喜歡了」，卻因爲鼻酸發不出聲音來。同時看見已經走到玄關的須江，趕緊退回廁所門前脫下腳上的彩色條紋短襪。

風見回去之後，直子立刻拿著吸塵器的握柄，將懸掛在玄關屋頂那塊跟海帶一樣的破內衣拿下來。

「幹嘛三更半夜去拿啊，明天一早再弄不就得了。」儘管須江這麼說，直子卻等不得。

妹妹順子一副瞧不人的表情，直子也不以爲意。

風見開始一到週末就來家裡玩。

---

註1：由於煉油工業的發展，日本出現了第一次經濟發展高潮。日本人把一九五五至一九五七年之間神話般的繁榮，稱為神武景氣。神武乃日本神話中的第一代天皇。

直子其實很想兩個人在外面約會，卻不知爲什麼風見就是想來家裡。兩人在啤酒屋喝完一大杯生啤酒後，風見會藉口送直子回家，順便來他們家。須江端出茶泡飯或咖哩剩菜，他也高興得連吃兩碗。

「這年頭的年輕人還眞會算，來咱們家就能吃免錢的了。」

「他到底有什麼打算呢？」

須江背後雖然會唸，其實內心並不是那麼生氣。證據就是每到週末，她就會準備單身男人可能愛吃的紅燒菜或關東煮。以前她忙著工作，總是買現成的熟食隨便打發，最近家中廚房也開始飄散出熬高湯及炒菜的香味了。

「我本來以爲他不會再來了。」只有母女倆的時候，直子終於告訴須江。

「爲什麼？」

「因爲……我太虛榮了。」

「不愛虛榮的女人，還叫女人嗎？」

原來他不討厭我，而是覺得我可愛。直子這才明白，人家說高興時胸口會像喝了溫開水一樣溫暖的事是眞的。

夏天結束，庭院和陽台下開始蟲聲唧唧，風見已經固定每個星期五晚上都會到家裡來吃飯。

不知從何時起，風見的位置也固定了。那是父親周次過去的大位。周次退到一邊，將還未看過的晚報先讓給風見。

風見則是悠閒地盤起腿，剝毛豆配啤酒喝。

陪他喝酒的，幾乎都是直子和須江。連一開始躲在二樓房間，個性彆扭的順子，受到談笑聲的吸引也逐漸願意下樓，甚至也試著喝半杯啤酒助興。

只有不會喝酒的周次，面前擺著一個裝裝樣子的酒杯，一個人專心看著音量幾乎關到最小的搞笑節目。

說是陪著聊天，但直子和須江個性都不活潑，也不太會說話，所以無法炒熱氣氛。

加上風見也不是很愛說話的人，常常聊到一半便接不下去了。起初直子對這種情況感到很不安，不久便發現自己是無謂的煩惱。

「來到這裡，心情總是能放鬆。」

聽了一天的電腦噪音，風見表示發呆就是最好的享受。

「還有，這個家的味道也很棒。就跟我們鄉下老家一樣，有柴魚的味道。」

「你該不會是說我們家太老舊，所以才有那種味道吧？」須江說。

「現在這種味道才珍貴。因爲不管走到哪裡，到處都是新建材散發出來的刺鼻阿摩尼亞味。」

風見用完餐後，說聲「不好意思」，便直接向後一仰，躺在榻榻米上深呼吸。

支架仍像往常一樣不穩，風見的身體下方依然是焦黃老舊的榻榻米，只是加了一張新的織花草蓆。

裝飾櫃上的收納盒不見了，廉價的束口花瓶中插著一朵鮮花。客廳裡的電燈泡顯得明亮許多。

「風見先生說他是獨生子耶。」

直子發現須江在說話的同時，還一邊用黑色茶罐的底部照著臉，一邊用指腹輕輕按摩泛著油光的鼻翼。

直子第一次看到母親這種動作。

她身上依然穿著浴衣材質的寬鬆洋裝，但是頭髮梳理整齊了，腳上也不再是男人的短襪。

「媽，妳的腳不會冷嘰嘰了嗎？」直子問道。

「大概是喝了一小口酒的關係吧，血液循環好像變好了耶。」直子也很久沒聽到母親的用詞變得這麼優雅。

她常說在她的那群同事中，如果自己一個人說話故作高雅的話是會被排斥的，所以講話才會變得粗魯。

或許也因爲須江的工作是將裝在小瓶子裡的乳酸飲料送到固定場所，因此平常放碗盤的動作也很粗魯，但最近都沒聲音了。

就算嘴巴上那麼說，母親就是母親。直子心想。

爲了不讓女兒丟臉，她也很努力改進。

妹妹忽然站了起來。

直子心想「就算是要上二樓讀書，也該跟風見打聲招呼吧」，但順子馬上又回來了。原來她只是到隔壁房間拿了一個坐墊過來。她板著一張臉將坐墊對折放在風見的頭旁邊，然後又走了出去。這種動作，就順子而言算是很不錯的了。

風見每一次上門，這個家就變得越來越明亮。

唯一不變的只有周次。

客廳裡的時鐘敲出八點的鐘響。

「好慢呀。」須江看著牆上的時鐘說。

直子和順子也學著母親看向時鐘。

「直子，妳是不是跟風見先生吵架了？」

「怎麼可能嘛。」

因爲完全都沒有機會私下相處，哪有機會吵架。

每週五的六點半到七點之間肯定會出現的風見，不知道爲什麼今天既沒有聯絡也看不到人。

三個女人坐在已經準備妥當的餐桌前，神情不安地猛看著時鐘。

「該不會是發生車禍了吧？」

「討厭，媽！妳不要說這些不吉利的話。」

三個人胡思亂想議論紛紛之後，才猛然發覺老爸人不見了。

「我去買個香菸。」快六點的時候，周次丟下這句話出門了。

因爲風見要來，他去買CABIN的洋菸。曾經有一次風見的菸抽完了，當時向周次要了一根SEVEN STAR的菸抽。

「老頭子，別的事沒關係。你只要招呼好風見先生的香菸就行了。」自從被須江這麼交代以來，周次便乖乖地執行這個任務。

「大概是在那附近順便玩起小鋼珠了吧。」

「連續玩兩個小時嗎？」

順子冷不防地插進直子和須江之間，冒出一句：「老爸該不會離家出走了吧？」

「離家出走？」

「因爲大家開口閉口都是風見先生，老爸可能覺得很無趣吧。」順子掀開矮几上蓋飯菜的布，邊說邊用手指捏菜來吃。

的確，家裡如果收到產季的松茸等禮物，總是會留到等風見來才吃。平常已經沒什麼地位的周次，最近更是退居成外人。

「妳爸要是有那個膽，我就不會吃這麼多苦了！」

須江又抬頭瞄了一下牆上的時鐘，嘴裡唸著「眞的好晚」，一邊起身走進廚房。

順子也站起來走到玄關，大概是想觀望一下門口。只剩下直子一個人坐在客廳。

看來媽和順子比我還要焦急，她想。雖然心情不會因此受影響，卻又有種自己那一份被咬走一塊了的感覺。

三個女人擔心了一晚上，兩個男人居然在十點過後不久一起回家了。

「我們回來了！」

聽到風見大叫和用力敲打玄關大門的聲音，三人趕緊衝出去。只見風見背著周次，搖搖晃晃地站在門口。周次早已喝得爛醉如泥。

「我們碰巧在車站前遇到。真巧！老爹問我要不要喝一杯……」

兩人就在燒烤店喝上了癮。風見邊解釋，邊在須江的幫忙下將醉得像壞掉的木偶的周次搬上床鋪。

「什麼巧合，妳爸根本就是埋伏在那裡等著。他想一個人獨占風見先生……」

須江抱怨的同時，眼尖地發現風見西裝褲上的污漬。

「你的褲子怎麼了？」

褲子的拉鍊附近有一塊乾掉的嘔吐物痕跡。直子其實早就看見了，只是來不及說。

「回來的路上，老爹突然不舒服……」

「眞是不好意思。麻煩你先換上浴衣，我立刻弄乾淨。直子，拿浴衣給風見先生。」

今晚的主角是須江。

風見在走廊穿上浴衣、脫下長褲，其間他大概醉意再度湧上，居然靠在牆壁上打起瞌睡來了。

結果那一晚風見只好住下來。他們在周次身旁鋪好須江的棉被，讓風見睡下。由於主臥室就在客廳旁，儘管關上紙門，還是能聽到兩人的打鼾聲。

直子和順子這才開始吃起已經延誤許久的晚餐，須江則在一旁處理風見的西裝褲。

「又何必在人家吃飯的時候做那種事嘛。」直子小聲地埋怨。

其實她眞正想說的是，照料風見的日常小事，應該由我來做才合理吧？只是她不敢直接說出口。

「話是沒錯。可是如果不立即處理的話，滲入布料裡面就洗不掉了。」

須江用沾過熱水的布，仔細地拍打污漬，然後用熨斗燙過。濡濕的布料經發燙的熨斗一壓，立刻發出「咻」的聲音，和一股發酸的油脂味。

那是這個家所沒有的年輕男人的味道。

直子裝做若無其事地動著筷子，但她立刻發現順子也意識到這股味道。

須江每次一改變熨斗的位置，那味道就散發出來。

須江神情認眞地將口水沾在食指上測試熨斗溫度。

感覺上她的皮膚好像變白了，仔細一看才發現鼻子下方到嘴邊，原本濃密如鬍鬚般的汗毛不見了，連成一字的眉毛也變得清爽了。她似乎還用剃刀修過臉頰。

「風見先生呀，風見先生。」周次說著夢話。

聽他的語氣，叫得既自然又帶點撒嬌。過去從來不曾加入家中女人的閒聊，總是一個人看著電視的他，今天整個晚上都說了些什麼？直子覺得自己的那一份又被咬走了一塊。

須江燙完褲子之後說：「對了，我忘了在他們枕邊放點冷水，半夜想喝就不方便了。」

她正要起身時，直子搶著說：「我來。」

她趕緊起身來到廚房，將冷水裝進水壺，並在托盤上放了兩個玻璃杯。

「來，謝謝妳啦。」須江順理成章地接過去，捧進了隔壁房間。

壓低聲音嚼著黃蘿蔔的順子，眼珠朝上地看著姊姊的臉。直子假裝什麼事都沒有發生一樣，心中卻覺得自己的那一份又被咬走了一塊。

因爲沒有多餘的棉被，那天晚上須江得和直子共擠一個被窩。

兩人背對著背躺下，就在直子闔上眼睛之際，須江翻過身來。

啊，直子突然想到。

「媽。」她低聲問：「媽，妳是不是用了我的化妝品？」

最近直子老覺得化妝品用得很兇，還懷疑是妹妹順子偷用了，原來竟是須江！

須江沒有答話，只是打了一個哈欠，然後立刻發出熟睡的鼻息聲。

記得是在星期二還是星期三的傍晚吧，直子曾到風見的辦公室探班。

倒也沒什麼特別的事，何況再過兩、三天就是星期五了，風見會來家裡吃飯。只是直子偶爾也想兩個人單獨約會。星期五之外的日子，風見總是提也不提，讓直子覺得有些寂寞。

下班前五分鐘在服務台要求會客，得到的答覆卻是他已經和來賓到下面的咖啡廳去了。

「是工作上的客戶嗎？」

「不，是一個年輕女孩。」

直子感覺背後有人狠狠地抽了她一鞭子。

難道星期五之外的日子不能見面，就是因爲這個原因嗎？

她正準備打道回府時，又覺得這樣不行，心想至少要看到對方的長相。一來到地下室的咖啡廳偷看，結果讓她大吃一驚！

坐在風見面前的竟是妹妹順子，旁邊還坐著兩個學校文藝社的同學，其中一個是男生。

桌上放著頗受到年輕人喜愛的最新一期雜誌。

「我的詩又入選了。這一次是佳作，所以只有獎金一千圓。」

因爲到這附近看電影，就順便來找風見先生。

順子像個孩子似地點了奶油蛋糕，但如果學兩邊坐著的男孩和女孩一樣蹺起腿來，倒也有大人樣了。

在家裡的時候，她說話的聲音就跟蚊子叫一樣，今天卻顯得活潑聒噪。或許是因爲興奮的關係，過去看起來像老鼠的臉頰，突然間很有女人味。直子之前都沒發現，她的胸部和腰部也已變得豐滿了。

「還以爲只有順子一個人，結果一次來三個。這下子沒辦法報公帳了。」儘管嘴裡這麼說，風見還是表現出毫不在意的神情。

而且他是從什麼時候起，那麼親切地直呼順子的名字呢？

他翻開雜誌內頁尋找順子的詩。那是一首以愛和性爲題，讀來很前衛的詩。直子雖然明白順子也是以姊姊的男朋友爲豪，才會拖著同學來；但她卻有種自己的部分持股被更改了名義一樣，心中五味雜陳。

一早開始，廟會的慶典音樂就放個不停。

過去家裡對廟會根本就毫不關心。如果沒有捐香油錢，門口就不會掛上神社的平安燈，分送神酒的隊伍自然就避開他們家。但今年直子家好像改變態度了。剛剪過的樹籬一看就知道不是出自行家之手，神社的燈籠在樹籬和大門之間搖曳。

雖然不是星期五，但因爲有廟會，受邀的風見在傍晚時出現。當他知道直子家還幫他做了逛廟會穿的浴衣，更是十分驚訝。

其實直子驚訝的程度更勝風見，畢竟須江這麼做是頭一次。過去這幾年的生活，凡是要花錢的、費工夫製作的，她一概都拒絕。

然而並非全家人都有新做的浴衣。

「因爲妳爸爸又不喜歡逛廟會。」又是周次被冷落一旁。

周次也一副理所當然的口吻說：「還是留在家裡比較舒服。」

說完後慢慢起身離開，拿出棋盤一個人下棋。

三個女人換上同花色的浴衣，簇擁著風見走進人群中。

須江和順子笑得開懷。

就連不怎麼好玩的撈金魚遊戲，都因爲多了風見的加入而別具趣味。

順子買了烤魷魚，風見很懷念地買了切成三角形的蒟蒻串和沾了味噌醬的關東煮邊走邊吃。拜人潮所賜，直子得以像是掛在風見身上似地挽著他的手臂走路。她其實也想展示給母親和妹妹看。

也許是因爲人群的推擠，也可能不太習慣穿著和服，風見的浴衣前襟鬆開了，一副衣衫不整的樣子。

「瞧瞧你這德行，不就跟七五三（註2）一樣嘛！」須江邊笑邊將風見拉進攤販後方的暗處。

她鬆開腰帶，動作敏捷地幫他把浴衣重新穿好。

「好，綁得夠緊了。去吧！」像對待小孩子一樣，須江用力地拍了一下比自己要高一個頭的風見的屁股。

騷動就在之後發生了。

四個人緊靠著走在擁擠的人群中，須江突然大聲尖叫，聲音有著少女的嬌態。

---

註2：日本習俗，為慶祝小孩成長，在男孩三歲、五歲，女孩三歲、七歲那年的十一月十五日須盛裝到神社祈福禱拜。此處是說風見像個小男孩。

「他以爲我幾歲了呀?我都五十三了，五十三耶!」

須江遇到了色狼。

「摸我的方式雖然很不要臉，不過這個色狼應該是個新手。走在夜路上的又不是只有我一人，身邊還有這兩個年輕小姐耶，他偏偏要選我這個五十三歲的屁股來摸!」然後她發出鴿子般的笑聲，不斷重複說:「眞是沒有挑女人的眼光!」

風見、直子和順子只好在一旁敷衍地笑著。

須江興奮的臉頰上有化過粧的痕跡。從她身上散發出來的香味判斷，直子知道那不是自己化妝台上的東西。須江自己花錢買化妝品，已經是多少年沒有過的情景了?

須江身上穿著和直子她們相同的手染浴衣，幫風見倒完啤酒，也順便幫直子和順子倒酒。忽然間又兀自笑說:「就算是廟會，在自己女兒面前也眞是難爲情。眞是的，他以爲人家幾歲了呀?都五十三，五十三了呀。」

「同樣的話妳要說幾遍才夠!」怒吼的人是周次。

他坐在廊沿下圍棋，突然間發出嚇人的聲音斥責：「不要太過分了！」周次的太陽穴旁浮現青筋，拿著棋子的手微微顫抖。

「討厭，妳爸爸在吃醋了。」

大概是為了挽救尷尬的氣氛，須江用笑聲掩飾著，接著又幫大家倒酒。

「老頭子，你都幾歲了，這是幹什麼呀？」

聽到須江說周次吃醋，他的頭雖然還是長得像一顆芋頭，臉上確實浮現男人的表情。現在的周次不像是平常那個總是戰戰兢兢地在意母親心情、對風見小心翼翼的周次。直子這才發覺，原來這兩個人是夫妻呀。

如今才發覺的還不止這一點。

或許是乘著晚風傳送來的廟會音樂聲，讓家裡的氣氛顯得明亮快活許多。曾經自甘墮落的家裡，居然也收拾整齊了。

櫥櫃上裝飾著菊花，啤酒杯也不是酒店附贈的，而是待客用的水晶杯。

庭院裡的松樹、楓樹和八角金盤或許是因為客廳的燈光變亮了，看起來氣勢不同往常。廁所前雖然沒有種著南天，洗手台前的擦手巾卻是剛買來的新品。

在這穿著浴衣還有些涼意的秋日，直子家卻像是春天終於來臨了。

「春天來了、春天來了，

來到哪裡了呢。

來到山裡、來到村鎮、來到了田野。」

看來不止是須江的春天來了。還有周次、死氣沉沉的順子也是。春天來到他們整個家。

大概是覺得自己大聲斥責不好意思，周次放下棋子，起身幫風見倒酒。

「老頭子想找人喝酒了。」他拿起酒杯讓風見幫他倒酒。

「這個樣子倒像是一家人了。」須江看著風見低喃，然後又改口說：「風見先生，我這麼想是否不太應該？」

直子緊張得說不出話來。

她完全沒想到會在這種情況下，以這種方式提出這件事。

風見有些迷濛地看著三個女人，點了點頭。須江和順子，還有直子好不容易吐出了憋在心裡的那口氣。

須江倒的啤酒泡泡滿溢在風見的玻璃杯緣。

周次依序看著家中的三個女人，然後低聲對風見說：「你也眞是辛苦呀。」

下個星期四傍晚，直子在咖啡廳等風見。

鏡子裡面照出自己一副等人的神情。這是當初爲了虛榮謊稱自己父親是廣告公司高級主管，母親深諳茶道、花道的那間咖啡廳。

扣掉自我膨脹的部分，直子覺得自己似乎比當時多了一些女人味。身上穿的，也不再像從前一樣總是暗灰色；尤其重要的是，交往對象定下來之後的安心感，讓她從身體內側到頭髮、肌膚都充滿光澤。

風見進來了。

等對方點好香菸後，直子才開口說：「每星期五到我家用餐的約會，可不可以改成隔週一次呢？」

風見似乎想說些什麼，但直子無視他繼續說著。她知道自己不善言詞，只是今天這番話她無論如何都得說出來。

「你一來，不知爲什麼，總是會變成我們全家人在和你交往。可是這種情形，我覺得結婚後再開始也不遲。仔細想想，我幾乎不曾有機會和你單獨地好好吃飯、聊天。」

風見好一陣子沉默不語。

鏡子裡映照出兩人對坐的身影。

「其實有些事我應該先說清楚才對……」他吐出一口煙，繼續說：「也許是我的血型是AB型吧，總是缺乏決斷力。」

他沒有正視直子的眼睛，而是看著鏡子。

「關於我們的事……」然後他深深一鞠躬，「我沒有自信。對我而言負擔太重了。」

理由就是這兩句話。

直子茫然地凝視著鏡子。

自從那一天爲了虛榮說出自我膨脹的話後，她就覺得會有這一天的到來。

父親周次依序看著家中的女人們，對著風見說「你也眞是辛苦呀」，難道意思就是說他等於得娶三個女人作新娘，所以很辛苦嗎？

鏡子裡面還有幾對情侶的身影。

其中也有像他們這種說眞話的人呢，直子彷彿事不關己地想著。

她慢慢地從車站走回家裡。

風見爲什麼要每個星期來家裡呢？既然沒有意思結婚，難道是在同情虛榮心作祟的直子嗎？

還是那個鋪著顏色都變成黑褐色的鬆散榻榻米，以及瀰漫著柴魚味道、又舊又髒的房子，反而能讓他放鬆心情呢？比起全家都是菁英份子，這種不會說話、死氣沉沉的家庭更能讓他感到安心吧。

又或許因爲他是獨生子，所以很高興能享受擁有母親及妹妹的滋味。

直子失魂落魄地打開玄關大門，順子立即衝了出來。

她神情緊張地大喊：「媽的樣子不太對勁！」

須江蹲坐在客廳的梳妝台前。

她平日穿的洋裝上面，披著一件新的和服禮服。她抱住頭說：「我的頭痛得快裂開了。」接著整個人就崩潰地向前倒下，喪失了意識。說是蜘蛛網膜下出血，意識昏迷三天之後便不行了。

她身上披的和服禮服，是在百貨公司找到的便宜貨。操之過急用私房錢買下的禮服，在入殮時成了須江的壽衣。

剛做完頭七，直子在大手町的車站前偶然遇見風見。

「嗨。」

直子有些尷尬地舉起手。

「妳家人都還好吧？」

其實我媽媽……才要開口，直子立刻又把話吞回去。因爲這個人，家裡曾有過短暫的春天。

「妳有什麼好事嗎？最近變漂亮了耶。」有人這麼跟她說過。

連頑冥不化的妹妹也含苞待放了。

一向畏畏縮縮的爸爸變得很有男子氣概，媽媽也有了女人味。

爲了幫媽媽的遺體化妝，直子打開她的梳妝台時嚇了一跳。裡面擺了許多新買的口紅、粉餅。

畫上濃妝，身著傳統禮服的須江，就像是要參加女兒婚禮般美麗。

「很好呀，我們全家都很好。」至少要讓媽媽在風見心中活得長久一點。

「是嗎？妳媽媽之後還有遇到色狼嗎？」

「應該沒有吧，廟會都已經結束了嘛。」

「說的也是。」風見笑了，直子也微微一笑。

「再見！」聲音大得連自己都有點驚訝。

國家圖書館出版品預行編目資料

隔壁女子／向田邦子著；張秋明譯. 初版. --
臺北市：麥田出版：家庭傳媒城邦分公司發行，民95
面； 公分. --
譯自：隣の女
ISBN 978-986-173-145-2（平裝）

861.57　　　　95015721



# 隔壁女子

原著書名／隣の女
原出版者／文藝春秋
作者／向田邦子
翻譯／張秋明
責任編輯／楊詠婷
發行人／涂玉雲
總經理／陳蕙慧
出版／麥田出版
城邦文化事業股份有限公司
100 台北市中正區信義路二段213號11樓
電話／(02) 2356-0933
傳真／(02) 2351-9179；2351-6320
發行／英屬蓋曼群島商家庭傳媒股份有限公司
城邦分公司
104 台北市中山區民生東路二段141號2樓
網址／www.cite.com.tw
讀者服務專線／(02) 2500-7718；2500-7719
服務時間／週一至週五：09：30～12：00
13：30～17：00
24小時傳真服務／(02) 2500-1900；2500-1991
讀者服務信箱 E-mail／service@readingclub.com.tw
劃撥帳號／19863813
戶名／書虫股份有限公司
香港發行所／城邦（香港）出版集團有限公司
香港灣仔軒尼詩道235號3樓
電話／(852) 2508-6231　傳真／(852) 2578-9337
E-mail／hkcite@biznetvigator.com
馬新發行所／城邦（馬新）出版集團
Cite (M) Sdn. Bhd. (458372 U)
11, Jalan 30D/146, Desa Tasik, Sungai Besi,
57000 Kuala Lumpur, Malaysia
電話：(603) 9056 3833　傳真：(603) 9056 2833
E-mail：citecite@streamyx.com

封面設計／許立人
印刷／中原造像股份有限公司
排版／浩瀚電腦排版股份有限公司
□2006年（民95）10月初版
售價／220元　Printed in Taiwan

ISBN 978-986-173-145-2